Aurelia Tears

Borderline

Texte, Gedanken, Emotionen

Drahtseil-Läufer Band 1

Bibliografische Information der Deutschen Nationalbibliothek:
Die Deutsche Nationalbibliothek verzeichnet diese
Publikation in der Deutschen Nationalbibliografie;
detaillierte bibliografische Daten sind im Internet über
http://dnb.dnb.de abrufbar.

Herstellung und Verlag:
BoD – Books on Demand, Norderstedt
Coverfoto: © Peter Zell

ISBN: 978-3-74816-638-2

Für alle, die nie an mich geglaubt haben

1. Prolog – ein paar Infos

Borderline ist ein Wort, das schwer im Raum hängt.

Fast jeder hat schon mindestens einmal den Begriff gehört, aber die wenigsten wissen, was Borderline wirklich bedeutet. Es befinden sich tausend Gerüchte im Umlauf, von Massenmörder über Amokläufer bis hin zu unmenschlichen Dämonen. Es wird erzählt, dass Borderline-Betroffene Monster seien, ohne Gefühle, ohne Empathie, mit nur einem Ziel: der völligen Vernichtung ihres Gegenübers.

Übertreibe ich gerade? Nein. Viele Menschen, die sich als *normal* bezeichnen, haben eine völlig falsche Vorstellung von der Diagnose. Sie vergessen, dass ein Borderline-Betroffener in erster Linie auch *nur* ein normaler Mensch ist.

Okay unter Umständen verhält er sich anders als man es erwarten würde, aber das liegt nicht daran, dass er von einem entfernten Stern kommt, sondern dass er eine andere Art hat zu fühlen und eine andersartige Denkweise besitzt.

Ich glaube, viele Vorurteile entstehen aufgrund von Unwissenheit. In Wahrheit fehlt das Wissen über die Diagnose, aber man hat mal was von einer Freundin gehört, deren Freund einen guten Bekannten hat, dessen Tochter mit einem Borderliner zusammen war und der, ja der, war ganz, ganz böse.

Verstehst du, was ich meine?

Ich persönlich, obwohl ich selbst die Diagnose Borderline habe, kann einige Gerüchte sogar nachvollziehen. Schon seit der Steinzeit hat der Mensch vor allem, was er nicht kennt, Angst. Diese Angst vor dem Unbekannten hat ihm in der Vergangenheit dutzendmal das Überleben gesichert. Solch eine angeborene Furcht kann man nicht von jetzt auf gleich ablegen. Und wenn dazu noch Faulheit kommt, Faulheit in dem Sinne, dass man lieber den Gerüchten Glauben schenkt als selbst nachzuforschen und eigene Erfahrungen zu sammeln, kann das gefährlich werden. Außerdem muss man zugeben, dass es auch deutlich interessanter und spektakulärer klingt zu sagen: »Ich kenne einen Borderliner, der ist ein Massenmörder und vergräbt die Leichen im Garten unter dem Schuppen seiner Nachbarn!«, als zuzugeben, dass man mit einem Borderliner zusammenarbeitet und überhaupt nichts von der Diagnose merkt, weil er sich genauso

verhält wie alle anderen Mitarbeiter im Büro ...
Solche Geschichten weiterzuerzählen ist schließlich
absolut langweilig! Das interessiert niemanden.

Hinzu kommt noch die seltsame menschliche
Eigenschaft, dass wir negative Dinge und Erfahrungen länger im Gedächtnis behalten als positive.
Das heißt, dass wir uns gerne auf negative Dinge
fokussieren und das Positive bewusst oder unbewusst ausblenden.

Bevor das Vorwort allerdings zu lang wird, weil
ich zu weit vom Thema abschweife, probiere ich
mich kurzzufassen.

Dieses Buch ist kein gewöhnliches Buch. Es besteht
aus keinen zusammenhängenden Texten, sondern
aus Denkanstößen, Textschnipseln, persönlichen
Gedanken, Selbstgesprächen und zahlreichen Versuchen das, was ich fühle, in Worte zu fassen.
Einige Passagen sind poetisch, andere selbstkritisch,
manche gefühlvoll und wiederum andere humor-
voll.

Mein Ziel ist es, die Seiten dieses Buches so bunt
wie das Leben zu gestalten. Es ist nie alles gut, aber
ebenso ist nie alles schlecht.

Ja, das sagt jetzt ein Borderliner, der angeblich nur
in Schwarz oder Weiß denken kann!

Zusätzliche Hinweise:

Dieses Buch ist kein Ratgeber und es beinhaltet keine wissenschaftlichen Texte.

Ich möchte mit meinen Worten niemanden kritisieren oder Vorwürfe machen. Ich will nicht bemitleidet werden, weil ich psychisch krank bin und nein, ich fühle mich auch nicht als etwas Besseres. Und ich versuche nicht, die Weltherrschaft an mich zu reißen (Sorry, das muss ich dazuschreiben).

Die folgenden Zeilen geben meine eigenen Gedanken, Gefühle und Ansichten wieder. Das, was ich denke und fühle, muss nicht für jeden Borderline-Betroffenen zutreffen. Denn, wie bereits gesagt, Borderline-Betroffene sind in erster Linie auch nur Menschen und jeder Mensch und somit auch jeder Borderline-Betroffene ist individuell.

Desweiteren kann es auch vorkommen, dass sich Nicht-Betroffene in meinen Worten wiedererkennen. Falls das zutreffen sollte, bedeutet das keinesfalls, dass du ebenfalls psychisch krank bist! Solltest du den Verdacht haben, dass du von Borderline oder einer anderen psychische Erkrankung betroffen sein könntest, vereinbare bitte einen Termin bei einem Arzt oder Therapeuten.

2. Wer oder was ist Borderline?

Borderline ist eine psychische Erkrankung. Hauptmerkmale sind ein ständig wechselndes Selbstbild, Impulsivität, Instabilität in zwischenmenschlichen Beziehungen und häufige, extreme Stimmungswechsel.

Ein perfektes Leben gibt es nicht, es gibt nur perfekte Fassaden.

Borderline bedeutet für mich einen täglichen Kampf auszutragen.

Ständig balanciere ich auf einem schmalen Grat zwischen den Extremen des Lebens. Ich möchte nicht alleine sein, aber habe gleichzeitig Angst, von zu viel Nähe erdrückt zu werden. Ich bin in einem Moment glücklich und im nächsten Augenblick will ich mich weinend in einer Ecke verkriechen.

Ich habe bei meiner Geburt keine Karte und keinen Kompass erhalten. Gefühlt haben alle Menschen um mich herum einen exakten Plan davon, was sie erreichen wollen und wie das Leben funktioniert. Nur ich irre planlos durch die Gegend und habe keine Ahnung von gar nichts.

Mein größter Feind ist mein eigenes Spiegelbild. Ich habe Ansprüche an mich, denen ich gar nicht gerecht werden kann. Ich hasse mich und meinen Körper und verstehe nicht, wie mich jemand gut finden kann.

Gefühle nehme ich hundertfach stärker wahr als *normale* Menschen. Dadurch fallen meine Reaktionen manchmal heftiger aus. So wie *normale* Menschen meine extremen Gefühle nicht verstehen, verstehe ich nicht, wie sie so viele Dinge kalt lassen können.

Es ist, als ob ich eine andere Sprache spreche.

Ich besitze andere Schwächen, größere *Fehler*, passe in keine Norm, doch jede Schwäche kann auch ein Vorteil sein. Je nachdem, aus welchem Blickwinkel man es betrachtet, kann man aus allem Negativen auch etwas Positives gewinnen. Stärken können Schwächen kompensieren.

Kurz gesagt: Ich bin und bleibe anders. Aber bedeutet Anderssein gleich falsch oder ein schlechterer Mensch zu sein?

Borderliner sind meistens Menschen, die zu viel in ihrem Leben erlebt haben und nicht dazu in der Lage sind, diese vielen (negativen) Erlebnisse zu verarbeiten.

Borderline ist zu einem Drittel genetisch bedingt, zu einem Drittel durch ein traumatisches Erlebnis und das letzte Drittel entsteht durch die fehlende Fähigkeit dieses Trauma zu verarbeiten. Das heißt, dass es unmöglich ist sich davor zu schützen. Auf keinen dieser drei Komponenten besitzen wir einen Einfluss.

Unsere Gene werden uns, genauso wie die Fähigkeit Dinge zu verarbeiten, von Geburt an mitgegeben und was in unserem Leben passiert, können wir ebenfalls nur in geringen Maßen beeinflussen. Wir können zwar selbst entscheiden, ob wir in der Schule lernen, welchen Beruf wir ausüben möchten und wie wir unsere Freizeit verbringen. Doch wir werden nicht gefragt, ob wir erleben möchten, dass sich unsere Eltern scheiden lassen, ein geliebtes Familienmitglied oder ein Freund stirbt, wir geschlagen, vergewaltigt oder missbraucht werden. Ich glaube, insbesondere bei den letzteren Beispielen würde nie jemand: »Hier! Ich stelle mich zur Verfügung!«, schreien.

Dies alles können Auslöser für Borderline sein, müssen es jedoch nicht. Es gibt Menschen, die gut mit ihrem Trauma leben oder andere psychische Störungen entwickeln. Für die Entstehung des Borderline-Syndroms müssen alle drei Faktoren zusammenspielen. Es ist ein Irrglaube, dass alleine ein Traumata ausreicht, um eine Borderlinestörung zu entwickeln. Genauso wie es ein Irrglaube ist, dass alle Betroffenen in ihrer Kindheit missbraucht oder vergewaltigt wurden. Das trifft zwar auf einen großen Teil zu, jedoch nicht auf alle. Bei einigen Betroffenen gab es auch nie ein großes Traumata, sondern ganz viele kleine einzelne, die sich irgendwann zu einem Riesenproblem aufgestaut haben und so zu einer Störung der Persönlichkeitsentwicklung geführt haben.

Der Auslöser für die Erkrankung liegt in den meisten Fällen in der frühen Kindheit bis Anfang der Jugend (natürlich gibt es auch hierbei Ausnahmen) die Symptome werden allerdings häufig erst Jahre später sichtbar. Da Borderline der Gruppe der Persönlichkeitsstörungen zugeordnet ist und sich die Persönlichkeit erst nach dem 18. Lebensjahr komplett entwickelt und gefestigt hat, wird erst nach Erreichen der Volljährigkeit die Diagnose endgültig festgestellt. Kinder, Jugendliche und junge Erwachsene können zwar die

Diagnosekriterien erfüllen, doch die Diagnose heißt dann lediglich *Verdacht auf Borderline*, obwohl in einigen Fällen ein Wunder geschehen müsste, damit sich die Symptome in Luft auflösen.

»Ausnahmen bestätigen die Regel?«
- Wie jetzt? Euer Ernst! Ich dachte, Ausnahmen sind die Regel! Kein Wunder, dass mein Leben so chaotisch verläuft!

Typische Merkmale der Diagnose sind das sogenannte *schwarz-weiß-Denken* und die Art wie Betroffene ihre Gefühle wahrnehmen.

Borderliner nehmen Emotionen um ein mehrfaches stärker wahr als Nicht-Betroffene. Das heißt, sie sind nicht einfach nur glücklich, sondern überglücklich; nicht leicht frustriert, sondern direkt zu Tode betrübt. Alle Emotionen sind um ein Vielfaches stärker. Deshalb kann es passieren, dass ein Borderliner wegen einer *Kleinigkeit* komplett ausrastet. Für Nicht-Betroffene mag die Reaktion vollkommen übertrieben wirken, doch bedenkt man, dass ein Borderliner seine Wut um einiges intensiver wahrnimmt, erklärt das auch die übertriebene Reaktion. Extreme Gefühle erzeugen extreme Reaktionen.

Überhaupt neigen Borderliner in allen Lebensbereichen zu Extremen. Ihre Welt spaltet sich sozusagen in Schwarz und Weiß. Es gibt nur entweder ganz oder gar nicht. Etwas dazwischen ist für sie nur schwer zu erkennen.

Der Unterschied zwischen Depressionen und Borderline ist, dass Borderline *mehr* ist. Eine Depression ist hauptsächlich Traurigkeit und das Gefühl von innerer Leere, bei Borderline kommen mehr Symptome hinzu, und in vielen Fällen ist es schwieriger zu behandeln. Beide Erkrankungen treten häufig, jedoch nicht immer, zusammen auf.

Nicht jeder Borderlinebetroffene wurde sexuell missbraucht. Zwar erlebte ein großer Teil der Betroffenen während der Kindheit sexuelle oder auch emotionale Gewalt, aber bei weitem nicht jeder.

Es gibt keinen Schutz oder Impfstoff, der einen vor Borderline schützt oder davor bewahrt psychisch krank zu werden. Psychische Erkrankungen nehmen keine Rücksicht auf Geschlecht, Alter, sozialen Stand, Vermögen oder Erfolg. Zwar sind mehr Frauen als Männer in psychologischer Behandlung, doch das liegt nicht daran, dass mehr weibliche Personen betroffen sind, sondern weil

Frauen eher einen Arzt aufsuchen und professionelle Hilfe in Anspruch nehmen als Männer. Nach zahlreichen Studien wurde allerdings festgestellt, dass sich die Fallzahlen beider Geschlechter nur geringfügig unterscheiden. Die Differenz beträgt weniger als ein Prozent.

Junge Leute sind genauso betroffen wie ältere Menschen. Psychische Erkrankungen kennen kein Alter. Wobei auch hierbei gilt, dass jüngere Leute bei psychischen Beschwerden eher einen Arzt aufsuchen als ältere Personen.

Vor ca. 70 Jahren wurde das Thema psychische Erkrankungen einfach totgeschwiegen, die Scham deswegen zu einem Arzt oder gar zu einem Psychologen zu gehen war groß. Betroffene galten als verrückt und wurden nicht selten in Psychiatrien vor der Öffentlichkeit weggesperrt. Diese Angst ist bei vielen (insbesondere älteren) Menschen im Kopf noch fest verankert; ebenso wie das Klischee, dass Männer nicht schwach sein oder weinen dürfen. Ich persönlich glaube allerdings nicht, dass die Kriegs- beziehungsweise Nachkriegszeit bei unseren Großeltern keine Verletzungen auf der Seele hinterlassen hat. Nur weil sie nicht über Probleme reden, bedeutet das noch lange nicht, dass sie keine haben. Dasselbe gilt für vermögende Menschen, Prominente und andere Personen, die in der

Öffentlichkeit stehen. Geld, sozialer Stand in der Gesellschaft und Erfolg bedeutet nicht zwangsläufig, dass diese Menschen keine Probleme haben. Wie sich in letzter Zeit immer häufiger zeigt, haben gerade diese Menschen mit Drogen- oder Alkoholsucht, Depressionen und Burnout zu kämpfen. Die wenigsten von ihnen geben jedoch ihre psychischen Erkrankungen freiwillig in der Öffentlichkeit zu. Das lässt vermuten, dass gerade dort die Dunkelziffer sehr hoch ist.

Krass gesagt: Der Milliardär mit fünf Autos und drei Villen kann genauso mit Depressionen, Burnout, einer Sucht oder Borderline zu kämpfen haben wie der arbeitslose Hartz-4-Empfänger im Plattenbau.

Es ist möglich, vielen Problemen und Sorgen im Leben auszuweichen, aber ob man damit tatsächlich glücklicher wird, ist fraglich. Denn nur wer in seinem Leben Dinge meistert, Probleme löst, Sorgen und Ängste übersteht, gewinnt an Stärke.

Um die Diagnose Borderline zu stellen, müssen mindestens fünf der neun folgenden Diagnosekriterien über einen längeren Zeitraum auf die Person zutreffen.

1. Starkes Bemühen, tatsächliches oder vermutetes Verlassenwerden zu vermeiden

Betroffenen fällt es schwer, alleine zu sein. Jeder noch so kleine Anlass kann ihnen das Gefühl geben, dass eine geliebte Person sie verlassen möchte. Das kann zum Beispiel eine Verspätung bei einer Verabredung sein, ein verpasster Telefonanruf oder Ähnliches. Aus meiner eigenen Erfahrung kann ich sagen, dass bei mir in solchen Situationen sofort der Gedanke: *Ich wurde vergessen, ich bin nichts wert oder ich habe etwas falsch gemacht* aufkommt.

Inzwischen habe ich allerdings gelernt, diese Gedanken weitestgehend zu kontrollieren. Sie sind zwar da, aber ich verfalle nicht mehr in Panik.

Bei manchen Betroffenen geht die Verlassensangst so weit, dass sie jede Trennung verhindern möchten. Sie klammern an ihren Mitmenschen und versuchen um jeden Preis eine Trennung zu vermeiden. Das kann unter Umständen dazu führen, dass sie zum Beispiel ihren Partner mit der Drohung »wenn du jetzt gehst, tue ich mir etwas an« unter Druck setzen. Dabei will der Partner lediglich den Einkauf erledigen. Dies ist jedoch ein extremes Beispiel und eher die Ausnahme.

Gleichzeitig haben Betroffene jedoch auch Angst vor zu viel Nähe. Alleine sein ist schwer aushaltbar, doch Nähe zuzulassen ist genauso schwierig.

2. Ein Muster instabiler, aber intensiver zwischenmenschlicher Beziehungen, das durch einen Wechsel zwischen den Extremen der Idealisierung und der Entwertung gekennzeichnet ist

Das klingt kompliziert und ist es auch.

Borderliner haben oft kurze, jedoch intensive zwischenmenschliche Beziehungen. Meist wird das Gegenüber zunächst idealisiert – es ist sozusagen *weiß*. Alles an ihm ist gut, es hat keine Macken, ist der liebste Mensch auf Erden und einfach perfekt. Nach kurzer Zeit passiert jedoch das, was bei jeder Freundschaft oder Partnerschaft irgendwann der Fall ist: Man lernt die nicht ganz so tollen Eigenschaften seines Gegenübers kennen oder es kommt zu Meinungsverschiedenheiten. Eigentlich eine normale Sache, doch bei einem Borderliner kann eine einzelne unpassende Eigenschaft, ein falsches Wort oder Ähnliches dazu führen, dass die Person plötzlich nicht mehr wie zuvor als weiß (also gut) sondern als schwarz (schlecht) angesehen wird.

Auf einmal war sie schon immer doof, hat sich grundsätzlich unpassend verhalten, man konnte sie noch nie besonders gut leiden und wollte eigentlich auch nie mit ihr befreundet sein. Das Gegenüber wird vollkommen entwertet.

Nicht selten kann es auch passieren, dass Betroffene ihre Freunde/ Bekannte/ Angehörige schier grundlos mit Füßen treten, alles und jeden in ihrer Nähe beleidigen und von sich wegstoßen. Dieses Verhalten geschieht jedoch meist ungewollt und ist für Betroffene schwer zu beeinflussen. Im Grunde genommen wollen sie lediglich austesten, ob ihr Gegenüber sie so akzeptiert wie sie sind, mit all ihren positiven wie negativen Eigenschaften.

Vielleicht kennen einige von euch den Spruch *Ich hasse dich – verlass mich nicht*. Dieser Spruch beschreibt diese Ambivalenz, die ein Betroffener bei einer Freundschaft oder Partnerschaft in seiner Gefühlswelt erlebt. Hass und Liebe wechseln sich ab und liegen sehr nah beieinander.

3. Identitätsstörung: ausgeprägte und anhaltende Instabilität des Selbstbildes oder der Selbstwahrnehmung

Betroffene wissen oft nicht, wer sie sind. Sie fühlen sich vollkommen orientierungslos im Leben, haben keine Ahnung, was sie als Mensch ausmacht, welche Ziele sie haben, was sie gut finden, mit wem sie ihre Zeit verbringen möchten, was sie fühlen … Kurz gesagt: es ist, als ob sie sich selbst fremd sind. Ihr eigenes Ich ist ihnen völlig unbekannt.

Hinzu kommt, dass sie meist eine negative Einstellung zu sich selbst und ihrem eigenen Körper haben. Ihrer Meinung nach sind sie häufig untalentiert, wertlos, bekommen nichts geregelt und sehen hässlich aus. Selbstvertrauen und Selbstwert sind bei ihnen entweder gar nicht oder nur geringfügig vorhanden.

In vielen Köpfen von Borderlinern sitzt der Gedanke *nur wer Leistung erbringt ist etwas wert* fest. Ständig haben sie das Gefühl sich neu beweisen zu müssen und kämpfen für Anerkennung. Was sie machen, möchten sie nicht gut sondern perfekt erledigen.

4. Impulsivität in mindestens zwei potenziell selbstschädigenden Bereichen (zum Beispiel Geldausgeben, Sexualität, rücksichtsloses Fahren, Substanzmissbrauch, zu viel beziehungsweise zu wenig essen)

Betroffene leben ohne Rücksicht auf Verluste, da sie impulsiv sind. Oder, anders ausgedrückt: Sie handeln, ohne nachzudenken.

Ein kleines Beispiel: Jemand bietet euch einen Handyvertrag an und ihr unterschreibt ihn ohne euch genauer zu informieren, ob der Vertrag einen Haken hat. Das wäre zum Beispiel ein impulsives Verhalten, das unter Umständen sogar selbstschädigend wäre, wenn ihr anschließend dazu verpflichtet seid jeden Monat 200 Euro zu zahlen.

Borderliner haben dieses impulsive Verhalten in allen Lebensbereichen und können dies nur schwer kontrollieren. Deshalb ist es möglich, dass sie verbal alles in ihrem Umkreis kurz und klein schlagen, Überdosen Drogen nehmen, zu viel Alkohol trinken etc. Dies machen sie jedoch nicht, weil sie zuvor geplant haben *jetzt mal auf den Putz zu hauen*, sondern weil irgendein äußerlicher oder innerlicher Reiz sie dazu veranlasst. An Folgen denken sie dabei in dem entsprechenden Moment nicht. So wie das Kleinkind, das auf die heiße Herdplatte greift, obwohl die Mutter im 1000 mal gesagt hat, dass diese heiß ist.

5. *Wiederholte suizidale Handlungen, Selbstmordandeutungen oder –drohungen oder Selbstverletzungsverhalten*

Dieses Verhalten zeigen nicht alle Betroffenen. Nicht jeder Borderliner verletzt sich selbst und nicht jeder, der sich selbst verletzt, ist gleich Borderliner. Selbstverletzung kann auch ein Symptom einer anderen psychischen Erkrankung oder Teil einer *Phase* sein. Besonders bei Jugendlichen ist dieses Verhalten häufig zu beobachten.

Wie bereits erwähnt, müssen mindestens fünf der neun Diagnosekriterien zutreffen, um die Diagnose zu stellen. Das heißt, dass nicht zwangsläufig alle neun vorhanden sein müssen. Es kann also gut sein, dass jemand von Borderline betroffen ist, sich aber trotzdem nicht selbst verletzt.

Außer *Ritzen* beziehungsweise *Schneiden* gibt es noch weitere Formen der Selbstverletzung. Drogenmissbrauch, Hautaufkratzen, Haare ausreißen, Lippe aufbeißen, verbrennen .... All das zählt ebenfalls zu selbstverletzendem Verhalten. Die Liste der Möglichkeiten, seinem Körper zu schaden, ist lang und nicht alles ist auf den ersten Blick erkennbar.

Besonders in Krisensituationen scheint Betroffenen eine Suizidankündigung oder Selbstverletzung als einzigen Ausweg, um den innerlichen Druck und die Anspannung loszuwerden.

6. Affektive Instabilität infolge einer ausgeprägten Reaktivität der Stimmung

Betroffene reagieren sensibel auf innere und äußere Reize, deshalb ist ihre Stimmung oft unausgeglichen. Eine Kleinigkeit kann eine regelrechte Kette von Emotionen auslösen. Durch diese Sensibilität schwankt ihre Stimmung ständig. In einer Sekunde überglücklich und in der nächsten Sekunde am Boden zerstört ist dabei keine Seltenheit. Diesen Stimmungsschwankungen sind Betroffene komplett ausgeliefert. Und auch

Freunde/ Bekannte und Angehörige stehen dem meist machtlos gegenüber. Auf Dauer kann dieses Wechselbad der Gefühle für beide Seiten äußerst anstrengend werden. Besonders wenn zu den Stimmungsschwankungen noch Reizbarkeit, Angst oder depressive Verstimmungen hinzukommen.

Das *Positive* an der Sache ist, dass auch diese negativen Verstimmungen in Normalfall nicht besonders lange anhalten. Nicht lange bedeutet wenige Stunden bis maximal ein paar Tage.

7. Chronisches Gefühl von Leere

Betroffene fühlen sich häufig leer und gelangweilt. Obwohl um sie herum das Leben tobt, fühlen sie sich ausgeschlossen und einsam. Als ob sie nicht existieren würden. Das Gefühl wird beeinflusst durch das nicht vorhandene oder geringe Selbstwertgefühl und das fehlende Identitätsgefühl.

8. Unangemessene, heftige Wut oder Schwierigkeiten, die eigene Wut zu kontrollieren

Ich denke, dieser Punkt erklärt sich von selbst.

9. Vorübergehende durch Belastung ausgelöste paranoide Vorstellungen oder schwere dissoziative Symptome

Besonders in Stresssituationen haben einige

Betroffene das Gefühl nicht in ihrem eigenen Körper zu sein. Bei mir ist das zum Beispiel so, dass ich wie von außen zuschaue. Ich sehe die gesamte Situation – und auch mich – wie in einem Film. Ich nehme alles wahr, aber kann kein Einfluss darauf nehmen. Ich denke: »Was machst du da schon wieder für einen Scheiß«, bin allerdings unfähig mein Verhalten zu ändern. Dieses Gefühl, nicht im eigenen Körper zu sein, nennt man *dissoziieren*.

Ein großer Teil der Betroffenen verliert unter Belastung das Vertrauen in alles und jeden und vor allem in sich selbst. Alles erscheint hoffnungslos, beschissen und ohne Aussicht auf Besserung. Manchmal entsteht auch das Gefühl vom Unheil, einer bestimmten Person oder einer Situation verfolgt zu werden. Diese Gedanken nennen Experten *paranoide Vorstellungen*.

Unabhängig von diesen Diagnosekriterien können noch weitere Symptome beziehungsweise Krankheitsbilder auftreten. Am häufigsten sind: Depressionen, Suchtverhalten und/ oder Substanz-mittelmissbrauch, Essstörungen, Ängste, Zwänge, gestörtes Sozialverhalten, Schlafstörungen oder Kontaktarmut beziehungsweise Abbruch sämtlicher Kontakte.

Manche Menschen sind nicht nur etwas anders, sondern etwas viel anders.

Nicht jedem Betroffenen sieht man seine Erkrankung an. Es gibt eine Menge Borderliner, die erfolgreich einen Beruf ausüben, eine Ausbildung absolvieren, zur Schule gehen und eine eigene Familie haben. Also sagt eine Diagnose rein gar nichts über den Charakter des Menschen und seine Erfolgschancen im Leben aus.

Natürlich müssen Borderline-Betroffene im Leben etwas härter kämpfen als Nicht-Betroffene, doch es gibt genügend *gesunde* Menschen die ebenfalls an den Anforderungen im Beruf oder Privatleben scheitern.

Man sollte niemanden wegen seiner Gedanken, Gefühle oder Verhalten verurteilen, ausgrenzen oder niedermachen. Jeder Mensch sehnt sich nach Akzeptanz und möchte so akzeptiert werden, wie er ist. Niemand hört gerne: »Das macht man nicht«, »Du verhältst dich falsch«, »Das darfst du nicht«.

Wieso verletzt ein Mensch sich selbst?
Das ist eine gute Frage, die jedoch nicht ganz so einfach zu beantworten ist. Denn die Gründe, wieso ein Mensch gegen sich selbst aggressiv wird und

sich beziehungsweise seinen eigenen Körper so sehr hasst, dass er sich freiwillig Schmerzen zufügt, sind so vielfältig wie die Methoden, mit denen man sich selbst verletzen kann.

Die gängigste und bekannteste Methode der Selbstverletzung ist wohl das sogenannte *Ritzen*. Mit Glasscherben, Rasierklingen, Scheren, Messern und anderen scharfen Gegenständen *ritzen* sich hierbei die Betroffenen die Haut (häufig an Unterarmen oder Beinen) auf.

Das Wort *ritzen* schreibe ich hierbei bewusst in kursiv, da manche Betroffene so tief schneiden, dass von ritzen keine Rede mehr sein kann. Bei ihnen handelt es sich bereits um tiefe Schnitte.

Weitere Methoden der Selbstverletzung können das Verbrennen der Haut mit Feuer oder anderen heißen Gegenständen, Haare ausreißen, exzessives Nägelkauen, Aufkratzen von Haut oder beißen sein. Aber auch gewöhnliche Alltagsgegenstände können teilweise zweckentfremdet und als Waffen gegen den eigenen Körper eingesetzt werden. So kann zum Beispiel ein harmloses Deo schwere Verbrennungen verursachen oder eine Nagelfeile zu tiefen Wunden führen.

Die Art und Weise, wie eine Person sich selbst schadet, sind also durchaus multipel. Doch noch weitaus vielfältiger sind die Gründe, wieso ein

Mensch überhaupt erst seinem Körper schaden will. Manchen Betroffenen geht es darum Blut zu sehen, anderen ist der Schmerz wichtiger und wiederum andere setzen Selbstverletzung als eine Art Hilfeschrei ein. Doch so gut wie jeder Betroffene spürt vor der Selbstverletzung dasselbe beziehungsweise ein ähnliches Gefühl: Das Gefühl der inneren Anspannung (auch Druck oder Ritzdruck genannt).

Wie fühlt sich Selbstverletzungsdruck an?

Man verspürt das Gefühl, dass so viel Spannung in einem ist, dass man jeden Moment explodieren könnte. Es ist kaum noch auszuhalten, häufig zittert man und ist innerlich unruhig. Ich glaube, für einen Nicht-Betroffenen ist dieses Gefühl kaum nachzuempfinden, aber man könnte es eventuell mit extremem Lampenfieber vergleichen. Das Herz rast und man kann kaum noch stillsitzen. Dieses Gefühl ist extrem unangenehm und man möchte es loswerden.

Viele Betroffene wissen, dass die Art, wie man das Gefühl los wird nicht gesund und keinesfalls schön ist. Es gibt kaum Betroffene, die stolz darauf sind sich selbst Verletzungen zuzufügen und sich das gerne antun. Selbstverletzung ist IMMER DER

LETZTE AUSWEG, den die Person in diesem Moment sieht!

Es ist wie bei einem Fahrradreifen. Man pumpt Luft rein und irgendwann ist der Reifen voll. Er ist prall gefüllt, federt gut und läuft rund. Davor war er schlapp, hat eventuell geeiert und es war mühselig mit ihm zu Fahren. Aber jetzt ist alles gut.

Dem Betroffenen geht es gut. Er ist aktiv, motiviert und gut gelaunt.

Allerdings wird immer mehr und mehr Luft in den Fahrradreifen gepumpt. Die Spannung auf dem Reifengummi steigt und steigt. Anfangs dehnt sich der Gummi noch etwas mit, doch irgendwann ist damit ebenfalls Schluss. Pumpt man jetzt noch mehr Luft in den Reifen, platzt er. Also rein theoretisch müsste man jetzt etwas Luft ablassen um den Druck zu mindern und wieder gut mit dem Fahrrad fahren zu können. Dieses Ventil fehlt Borderline-Betroffenen jedoch. Sie sind nicht dazu in der Lage *einfach mal so* die Anspannung zu mindern. Deshalb bleiben ihnen nur zwei Möglichkeiten: Entweder warten, bis der Reifen explodiert oder zweitens ein Loch hineinstechen, um dadurch den Druck zu mindern (sprich Selbstverletzung).

Eine dritte Möglichkeit wäre es mit sogenannten *Skills* (speziellen Fertigkeiten) den Druck abzubauen. Diese Skills werden in verschiedenen Therapieformen mit den Betroffenen erlernt.

Was ist jetzt der Grund dafür?

Wie eben beschrieben, kann innerliche Anspannung und die fehlende Fertigkeit diesen innerlichen Druck zu regulieren ein möglicher Grund für selbstverletzendes Verhalten sein. Aber es muss nicht. Denn manche Betroffene verletzen sich auch, weil sie in dem Moment gar nichts spüren beziehungsweise sich wie tot fühlen. Sie wissen nicht, ob sie noch leben oder ob alles um sie herum nur noch Illusion ist. Der Schmerz zeigt ihnen dann, dass sie noch am Leben sind.

Wiederum andere verletzen sich selbst, weil sie einen extremen innerlichen Schmerz verspüren (zum Beispiel durch ein Trauma) und nicht wissen, wie sie damit umgehen sollen. Durch Selbstverletzungen tragen sie diesen Schmerz nach außen. Mit einem Schmerz von einer Verletzung kann ein Mensch nämlich deutlich besser umgehen, als mit einer unsichtbaren schmerzenden Wunde. Oder andere Betroffene nutzen Selbstverletzung als Hilfeschrei. Ganz nach dem Motto: *Siehst du nicht, wie scheiße es mir geht? Ich kann nicht mehr, ich brauche Unterstützung um aus meinem Tief herauszukommen.*

Fazit: Aus welchen Gründen und mit welchen *Waffen* sich ein Mensch selbst verletzt ist äußerst unterschiedlich. Doch eines haben alle Betroffenen gemeinsam: Für sie gibt es in dem Moment, in dem sie sich selbst verletzen, keinen anderen Ausweg oder Möglichkeit um mit ihren Gedanken und Gefühlen umzugehen.

Borderline ist weder tödlich noch ansteckend. Man kann mit Betroffenen genauso reden, feiern, Freundschaften schließen, Kontakt haben etc. wie mit allen anderen Menschen auf dieser Erde auch. Borderline-Betroffene beißen nicht, sind nicht giftig und der Kontakt mit ihnen ist auch nicht tödlich. Die Gefahr, sich mit Borderline anzustecken, liegt bei null Prozent.

Eine ironische Selbstbeschreibung

1. Meine Stimmung wechselt von einer auf die andere Sekunde. Bin ich gerade noch überglücklich, kann ich bereits wenige Sekunden später zu Tode betrübt sein. Und dafür muss es noch nicht einmal einen Grund geben!

Das sorgt besonders in zwischenmenschlichen Beziehungen für Abwechslung. Mit mir wird es nie langweilig!

2. Bei mir gibt es nur entweder ganz oder gar nicht. Etwas dazwischen kenne ich nicht. Diese Einstellung kann ebenfalls von einer auf die andere Sekunde ins Gegenteil umschlagen. Was in diesem Moment *super gut* ist, kann im nächsten Augenblick bereits *total beschissen* sein. Ich ändere meine Meinung ständig!

3. Besonders Menschen, die ich gerne habe, verletze ich häufig mit meinen Worten. Ich streite gerne mit ihnen und stoße sie von mir weg. Ergreifen sie dann die Flucht, halte ich sie fest und sage: »Ich liebe dich!«, obwohl ich sie zuvor aufs Übelste beschimpft und ihnen mehrmals mitgeteilt habe wie sehr ich sie hasse.

Wer mit mir befreundet ist beherrscht die Kunst, ein Stachelschwein zu umarmen!

4. Ich bin ständig auf der Flucht vor mir selbst. Vergeblich versuche ich, vor meinem eigenen Schatten wegzulaufen, und wundere mich jedes mal aufs Neue, dass er mir auf Schritt und Tritt folgt.

5. Um mein Inneres habe ich eine kilometerhohe, mehrere Meter dicke Schutzmauer aufgebaut. Versuche nicht hinter diese Mauer zu schauen. Du würdest nicht verkraften, was du siehst …

6. Probiere nicht, mich zu verstehen, ich verstehe mich selbst nicht!

7. Ich entschuldige mich ständig, obwohl ich an vielen Dingen völlig unbeteiligt war. Egal was passiert, ich fühle mich an allem schuldig. Andauernd habe ich Angst Fehler zu begehen und strebe nach Perfektionismus. Die Meinung anderer ist mir wichtiger als meine eigene.

8. Ich kann mich selbst nicht lieben, deshalb ist mir die Anerkennung anderer umso wichtiger. Pausenlos habe ich Angst nicht geliebt oder gar verlassen zu werden. Aus diesem Grund brauche ich ständig einen Beweis dafür, dass ich geliebt werde.

Außerdem *klammere* ich an geliebten Personen und versuche um jeden Preis ein Verlassenwerden zu vermeiden. Ob es einen Grund dafür gibt Angst zu haben, dass die geliebte Person nicht wieder kommt oder nicht ist hierbei egal.

9. Selbst in einem menschenüberfüllten Raum schaffe ich es, mich einsam zu fühlen.

Oft habe ich das Gefühl, dass andere schlecht über mich reden und mich meiden. Ich fühle mich missverstanden und nicht akzeptiert.

Jede negative Äußerung beziehe ich sofort auf mich.

10. Ohne dass mein Gegenüber ein Wort sagt, weiß ich was es denkt und fühlt. Ich analysiere Menschen von der ersten Sekunde an. Für meine Mitmenschen ist das oft nervig und ziemlich anstrengend, wenn ich jede Mimik und Gestik gleich interpretiere.

11. Es ist für mich fast unmöglich, Entscheidungen zu treffen, da ich fürchte mich falsch zu entscheiden. Deshalb lasse ich gerne andere die Entscheidung treffen. Ist diese Entscheidung die falsche, reite ich Tage, manchmal sogar Wochen lang, darauf herum.

12. Mein Körper und ich sind keine Freunde. Oft hasse ich ihn sogar, was ich ihn auch spüren lasse. Ich fühle mich in ihm gefangen. Ich selbst bin mein größter Feind.

13. Negative Kritik beziehe ich IMMER auf mich. Egal ob sie an mich oder eine andere Person gerichtet ist. Positive Kritik überhöre ich. Ich nehme sie erst gar nicht wahr oder wandele sie im Unterbewusstsein so um, dass sie für mich trotzdem negativ klingt.

14. Mein Selbstwertgefühl und Selbstvertrauen sind so niedrig, dass sie gar nicht mehr messbar sind. Meine Freunde und Familie treibe ich mit meinem negativen Selbstbild ab und zu fast in den Wahnsinn.

15. Ich vertraue niemandem und am wenigsten mir selbst. Nicht selten stehe ich mir dadurch selbst im Weg. Doch wer mein Vertrauen gewonnen hat, dem werde ich bis ans Ende der Welt folgen. Allerdings muss diese Person täglich aufs Neue beweisen, dass sie mein Vertrauen auch wirklich verdient hat.

Doch trotz allem kann man mit mir lachen, weinen, herumalbern, aber auch ernste Gespräche führen, wie mit jedem anderen Menschen auch.

Wer mich als Freund hat, dem wird nie langweilig werden.

Wer mit mir durch meine Höhen und Tiefen geht, lernt die kleinen Dinge im Leben schätzen. Man begreift, dass selbst ein winziger Schritt in die richtige Richtung ein riesiger Fortschritt sein kann. Und egal wie schlecht es mir geht, ich bin immer für anderen da.

Mich kann nicht jeder als Freund haben. Oder sollte ich lieber sagen ertragen? Ich bin etwas Besonderes!

Manchmal ist man im Leben traurig und weiß nicht weiter. Es tut in einem drinnen weh und dieser Schmerz will irgendwie aus einem heraus. Die Wunden, die man sich zufügt, sind dann die Stellen, an denen der Schmerz aus einem herauskommt.

Ich bin wie ich bin

Es kann passieren, dass ich morgens aufstehe und mir alle Haare zu Berge stehen, ab und zu habe ich Pickel im Gesicht, mein Busen ist zu klein und mein Hintern zu fett …

An manchen Tagen bin ich launisch, an anderen komplett überdreht und manchmal bin ich auch einfach nur traurig.

Ich weine und lache in den unpassendsten Situationen, treffe falsche Entscheidungen und mache Fehler.

Ich weiß, dass ich nicht perfekt bin, doch ich bin wie ich bin und werde es auch immer bleiben! Ich verändere und verbiege mich nicht für andere, sondern bleibe mir selbst treu. Ich bin ich und nicht so, wie andere Leute mich gerne hätten!

Ich beneide die Leute, die wissen, was sie in zehn Jahren machen wollen! Ich weiß schließlich noch nicht einmal, was ich heute zu Mittag essen werde ...

Ich habe aufgehört zu planen. Das Leben durchkreuzt meine Pläne sowieso immer, deshalb habe ich vor einiger Zeit schon beschlossen, spontan zu entscheiden, wohin mich mein weiterer Weg führt.

Was ist typisch Borderline?

Es gibt nichts, was tatsächlich *typisch* Borderline ist und auf alle Borderline-Betroffenen gleichermaßen zutrifft. Bei jedem Borderline-Betroffenen äußert sich die Diagnose anders. Klar gibt es neun Diagnosekriterien, von denen mindestens fünf Kriterien über einen längeren Zeitraum hinweg erfüllt sein müssen, aber erstens gibt es gefühlte 1000 unterschiedliche Kombinationsmöglichkeiten dieser mindestens fünf Kriterien und zweitens gibt es nochmal weitere gefühlte 1000 unterschiedliche Möglichkeiten, wie sich jedes einzelne Symptom äußern kann. Somit ist jeder Borderline-Betroffene (genauso wie jeder andere Mensch) ein Individuum. Es gibt Borderline-Betroffene, bei denen sich die Diagnose ähnlich und zum Teil gleich äußert, aber es gibt nie eine 100-prozentige Übereinstimmung aller Symptome, deren Intensität und der Art und

Weise, wie der Betroffene damit umgeht. Jede Borderlinestörung ist genauso wie jeder Betroffene auf ihre Art einmalig und besonders.

Es gibt Menschen, die sind nahe am Wasser gebaut und leicht zum Weinen zu bringen. Und dann gibt es mich. Ich bin nicht nur nahe am Wasser gebaut, sondern mitten in einem riesigen Meer!

Ein Geisterfahrer wird auf der Autobahn von der Polizei angehalten. Er steigt aus, hebt unschuldig die Hände und sagt: »Entschuldigung, ich BIN Borderliner und neige zu Risikoverhalten.«

Ein Massenmörder sitzt vor Gericht. Er soll für 30 Morde verurteilt werden. Als der Richter ihn fragt, was er zu seiner Verteidigung zu sagen hat, meint er: »Entschuldigung, ich BIN das Spiegelbild meiner Vergangenheit. Meine Mutter hat mich als Kind geschlagen.«

Der Präsident von Hawanilu zettelt einen Krieg an. Zu seinen Beweggründen sagt er: »Entschuldigung, ich BIN ein Gamer. Schon als Teenager habe ich total gerne Ballerspiele gespielt.«

Was ich mit diesen durchaus überspitzten Beispielen sagen möchte?

Eine Diagnose, Hormone, Hobbys oder ähnliches dürfen, sollten und können keine Entschuldigung dafür sein, andere Menschen zu gefährden oder zu verletzen! Jeder Mensch ist eigenverantwortlich für sein Verhalten. Wenn sich jemand daneben benimmt, ist er dafür zuständig und nicht seine Vergangenheit, Hormone oder sein Hobby. Wenn es nämlich tatsächlich so wäre, dass jeder, der in seiner Vergangenheit Gewalt erfahren hat, ungestraft Straftaten begehen kann oder sich fahrlässig verhalten darf … Oh je! Dann wäre ich schon ein Massenmörder und hätte mindestens 50 Banken ausgeraubt! Aber nein, das habe ich nicht! Also bitte liebe Richter, Staatsanwälte und auch liebe Täter, hört auf damit, alte Geschichten aus dem letzten Jahrhundert als Begründung für einen Freispruch zu benutzen.

Vergangenheit ist wichtig und Vergangenheit prägt, ja, aber keine Vergangenheit sollte so viel Macht in unserem Kopf ausüben, dass wir uns verhalten wie die Axt im Walde und dann noch ungestraft davonkommen.

Es gibt Momente, da kann man sich aufregen, dann gibt es Momente, in denen man an die Decke gehen könnte und dann gibt es aber auch Momente, in denen man sich einfach nur noch auf den Boden legen und weinen möchte.

Ja verdammt, ich habe Selbstverletzungsnarben an meinen Armen!

Aber der Grund wieso ich so bin, wie ich bin, ist dir sowieso egal! Ich kenne dich. Du bist, wie die meisten Menschen. Du willst jetzt eine interessante Story zu den Narben hören. In dem Sinne:»Ich habe im Kriegsgebiet einen Soldaten aus einem Kugelhagel gerettet und als ich auf dem Rückweg über den Stacheldraht geklettert bin, bin ich daran hängengeblieben.«

Aber da muss ich dich leider enttäuschen. Ich habe niemanden gerettet. Es gab Zeiten in meinem Leben, da habe ich den Schmerz gebraucht, um zu *spüren*, dass ich noch lebe.

Aha! Ich sehe schon, du verdrehst die Augen. Ich langweile dich also mit meiner Story? Kein Problem. Das bin ich gewohnt. Ich wette, wenn ich dir auch nur ein Drittel meiner Geschichte erzähle, sagst du eh nur *krass Alter!* und wendest dich von mir ab, weil ich dir zu verrückt bin.

Neulich wurde mir gesagt: »Du genießt auch jeden Tag deines Lebens!«

Meine Antwort darauf war: »Ja klar! In der Ecke sitzen und Trübsal blasen habe ich schließlich lange genug gemacht!«

3. Leben oder überleben?

Ich habe Angst vor dem Leben.

Ich habe Angst vor dem Sterben.

Ich weiß nicht, wie es in meinem Leben weitergeht, was morgen passiert oder wo ich in fünf Jahren stehe und das macht mir Angst. Diese Unwissenheit, was passieren wird, beziehungsweise nicht passieren wird, macht mich manchmal echt wahnsinnig! An manchen Tagen liege ich nachts stundenlang wach und kann nicht schlafen, weil ich mir den Kopf darüber zerbreche, welche *Überraschungen* das Leben noch für mich bereithält.

Eigentlich bin ich ein Mensch, der gerne die Kontrolle behält, die Übersicht bewahren möchte und alles genau – bis ins kleinste Detail – durchplant, doch genau das funktioniert im Leben nicht.

Das Leben ist unberechenbar, hinterhältig und ab und zu auch echt fies. Das macht es für mich häufig unsympathisch. Aber ich habe nur dieses eine

Leben, deshalb muss ich mich wohl oder übel mit ihm anfreunden und abfinden.

Jeden Tag habe ich die Möglichkeit Neues auszuprobieren, aus Fehlern zu lernen und neue Wege zu gehen. Jeder Tag birgt neue Chancen und leider auch neue Gefahren ... Aber ich versuche, mein Hauptaugenmerk auf die neuen Chancen und nicht auf die Gefahren zu legen. Denn ansonsten würde mich die Angst vor dem, was kommt beziehungsweise kommen könnte, zerfressen.

Manchmal verirrt man sich im Leben und kommt erst durch Umwege an sein Ziel. Nicht selten kosten diese Umwege Zeit, die man nicht hat, und Nerven. Doch oftmals sieht man auf diesen Umwegen auch schöne, wunderbare Dinge, die man auf dem normalen Weg nie entdeckt hätte.

Einen Schritt vor und zwei zurück? Das kann doch nicht normal sein!

Jeder der einen Borderline-Betroffenen in seinem Bekannten-, Freundes- oder Familienkreis hat oder selbst betroffen ist, wird das deprimierende Gefühl kennen, dass plötzlich die positive Entwicklung stoppt oder sogar alte Verhaltensweisen wieder auftauchen. Alles, was man sich zuvor mühevoll erarbeitet und aufgebaut hat, scheint plötzlich zusammenzustürzen. Es wirkt, als ob der Borderliner mit einem Vorschlaghammer alles um sich herum kurz und klein schlägt, bis nur noch ein Haufen Schutt und Asche übrig bleibt.

Diese Situation ist für Freunde, Angehörige und Bekannte eines Betroffenen sicherlich nur schwer zu ertragen. Nicht selten wird man sich fragen, ob es überhaupt noch eine Aussicht auf Besserung gibt oder ob alle Mühen vergebens sind. Es entsteht das Gefühl, dass nach jedem Fortschritt sofort ein Rückschritt folgt. Man kämpft und kämpft und kommt im Endeffekt doch nicht vom Fleck.

Aber auch für den Betroffenen kann dieses ewige hoch und runter – diese Fortschritte und Rückschritte – ziemlich nervenaufreibend sein und ihn an den Rand der Verzweiflung treiben.

Doch gehört zu jedem Fortschritt tatsächlich ein Rückschritt? Dreht sich ein Borderliner wahrhaftig andauernd im Kreis? Gibt es wirklich keine Aussicht auf Besserung? Oder erwarten alle Beteiligten einfach zu viel? Neigen selbst Nicht-Borderliner in manchen Situationen zum sogenannten *Schwarz-Weiß-Denke*n, malen alles schwarz und übersehen (unbewusst) die kleinen Fortschritte?

Ich persönlich würde Rückschritte als Teil eines Fortschrittes ansehen. Jeder Rückschritt beweist schließlich, dass es zuvor einen Fortschritt gegeben haben muss!

So wie das gesamte Leben aus Höhen und Tiefen besteht, besteht auch das Erlernen neuer Fähig- und Fertigkeiten zu einem besseren Umgang mit Gedanken, Gefühlen und Stresssituationen aus Höhen und Tiefen. Das Wenigste im Leben verläuft schnurstracks geradeaus und so, wie man es sich wünscht oder plant. Dementsprechend würde ich Rückfälle und Stillstände bei einer Entwicklung als normal einstufen.

Eine Borderline-Störung entsteht nicht von dem einen auf den anderen Tag. Ein Betroffener wacht nicht eines Morgens auf und stellt fest: *Ich bin Borderliner!*, sondern es dauert meist mehrere Jahre bis sich die Art und Weise wie er denkt, fühlt und das daraus resultierende Verhalten entwickelt. Deshalb ist es wohl eindeutig zu viel verlangt, wenn man meint das alles innerhalb kurzer Zeit verändern oder gar abstellen zu können. Auch eine Veränderung braucht Zeit und der Weg zu einer Besserung ist lang, steinig und voller Hindernisse. Mehr als nur einmal wird man einen Umweg oder Rückschritt in Kauf nehmen müssen. Es werden immer wieder Probleme auftauchen, die zuvor noch nie dagewesen waren, oder von denen man gemeint hat, sie schon längst überwunden zu haben. Das alles ist allerdings kein Grund zum Verzweifeln. Man sollte es als Chance sehen das zuvor Gelernte anzuwenden und daran zu wachsen. Schließlich muss das Erlernte irgendwann auch in der Praxis funktionieren. Gelingt es nicht so, wie man es gerne hätte, dann weiß man wenigstens, woran man noch arbeiten muss.

Um eine positive Veränderung zu bewirken, benötigt man eine Menge Geduld, die sowohl der Betroffene mit sich selbst als auch die Außenstehenden mit ihm haben sollten. Auf dem Weg zu einem besseren Umgang mit Gefühlen und Gedanken wird er mehr als nur einmal hinfallen, beide Seiten werden mehr als nur einmal an einem Punkt angelangen, an dem sie einfach alles hinschmeißen wollen, doch der Kampf wird sich lohnen. Mit der Zeit werden beide Seiten Fortschritte machen und jeder wird eine Veränderung an sich und seinem Gegenüber bemerken.

Hinfallen und Rückschritte sind keine Schande, sondern das Aufgeben oder in Selbstmitleid zu verfallen.

Also ich mag ja Herausforderungen. ABER es darf auch mal etwas normal laufen in meinem Leben!

Das Leben ist nicht fair. Oft ist es ungerecht, gemein und hinterhältig. Immer wenn man das Gefühl hat, dass es gut läuft, man zufrieden ist und keine Probleme und Sorgen hat, kommt irgendein Idiot und legt einem erneut Steine in den Weg. Jedes mal wenn man sich mit viel Kraft und Mühe etwas aufgebaut hat, und denkt: *So kann es bleiben*, wird einem (mal wieder) der Boden unter den Füßen weggerissen. Das ist wirklich alles andere als gerecht!

Aber es liegt an einem selbst, ob man resigniert, sich selbst oder sogar sein Leben aufgibt, den Kopf in den Sand steckt und sich bemitleidet, oder ob man aufsteht, sich den Schmutz von der Kleidung abklopft und weiterkämpft!

Ich habe mich fürs Kämpfen entschieden und bereue diesen Entschluss nicht! Natürlich gab es auch Phasen, in denen ich keinen Sinn mehr sah, aufgeben wollte und meinem Leben ein Ende setzen wollte. Ich war schon mehrmals ganz weit unten, aber trotzdem bin ich nach jedem Sturz wieder aufgestanden. Vielleicht bin ich manchmal etwas länger am Boden liegen geblieben und nicht sofort aufgesprungen, doch aufgegeben habe ich nie!

Wenn ich etwas länger am Boden lag, habe ich lediglich Zeit gebraucht, um neue Kraft zu sammeln, um anschließend mit noch mehr Power durchzustarten.

Ich bin ein Kämpfer und das weiß ich. Ich bin mir meiner inneren Stärke zwar nicht immer bewusst, doch wenn es darauf ankommt, kann ich mich auf sie verlassen.

Wenn ich in meinem Leben eins gelernt habe, dann ist es, dass der Glaube an die eigene Kraft und der Willen etwas zu schaffen, tatsächlich Berge versetzen kann.

Depressionen zu haben ist wie ein Bandwurm im Kopf zu haben. Dieser Bandwurm frisst alle positiven Gedanken, Erinnerungen und Gefühle auf. Dort, wo er *zugebissen* hat, klaffen anschließend große, dunkle Löcher. Ziel dieses Bandwurmes ist es, alles Positive aus dem Gehirn des Betroffenen zu verbannen.

In einer Therapie lernt man, diesen Bandwurm zu bändigen und umzutrainieren. Nach einer Therapie soll er nicht mehr die positiven Gedanken und Gefühle zerstören, sondern die negativen Gedanken und Gefühle im Gehirn in Schach halten.

Borderline ist nicht heilbar, allerdings kann man das Beste daraus machen. Mit genügend Übung ist es vielen Betroffenen sogar möglich ein normales Leben zu führen, einen Beruf auszuüben und eine Familie zu gründen.

Ich werde es wohl nie verstehen, wieso ein Mensch mit einem gebrochen Bein, einer Grippe, Krebs oder einer sonstigen körperlichen Verletzung oder Erkrankung Mitleid und Verständnis von seinen Mitmenschen bekommt, und ein Mensch mit einer psychischen Erkrankung sich rechtfertigen muss.

Ich werde wohl nie verstehen, wieso man zu einem depressiven Menschen sagt: »Stell dich nicht so an!« und einem Rollstuhlfahrer jeden noch so kleinen Handgriff abnehmen will.

Ich werde wohl nie verstehen, wieso jemand, der weint und offen über seine Gefühle spricht, als *schwach* gilt und jemand, der keine Gefühle äußert und null Empathie besitzt als *stark* gilt.

Und ich werde wohl nie verstehen, wieso psychisch kranke Menschen früher weggesperrt und heute weiterhin häufig für verrückt erklärt werden.

Aber was ich verstehe, ist, dass viel zu wenig über psychische Erkrankungen bekannt ist. In der Öffentlichkeit werden Themen wie Borderline,

Burnout und Depressionen usw. viel zu häufig totgeschwiegen.

Leben mit Depressionen ist so ähnlich, wie wenn einem Auto der Sprit ausgeht. Es fehlt einem der ‚Kraftstoff' um weiter voranzukommen.

Mit Borderline (über)leben

Die Diagnose Borderline ist kein Todesurteil und auch kein Weltuntergang. Die Frage ist, wie man mit der Bekanntgabe der Diagnose umgeht. Es besteht die Möglichkeit, zu sagen: *Alles ist scheiße! Ich bekomme nie etwas auf die Reihe! Ich werde nie ein normales Leben führen können ...*, sich selbst zu bemitleiden – in dem Sinne *Ich bin ein armer Borderliner. Die Menschen waren gemein zu mir und deshalb bin ich so geworden, wie ich bin. Ich bin krank und werde nie wieder gesund...* Oder man akzeptiert, dass man *anders* ist, seine Gefühle intensiver wahrnimmt und eine andere Art hat zu denken als der Rest der Menschheit und versucht das Beste daraus zu machen.

Borderline bedeutet nicht, dass man den Rest seines Lebens depressiv in der Ecke sitzen, keinen Beruf mehr ausüben kann, Tabletten schlucken und sich vor der Öffentlichkeit verstecken muss oder Ähnliches. Denn wer dazu bereit ist, an sich und seinem Verhalten zu arbeiten und zu lernen mit seinen Gedanken und Gefühlen besser umzugehen, dem kann es gelingen, trotz der Diagnose ein normales Leben führen. Auch Borderliner können einen guten Schulabschluss machen, erfolgreich in einem Beruf arbeiten, eine Ausbildung absolvieren, eine Familie gründen und die Liebe ihres Lebens finden. Kurz gesagt: Borderliner können alles erreichen, was gesunde Menschen auch erreichen können.

Wer einen eisernen Willen hat, fest an sich glaubt, für seine Ziele kämpft, nach jedem Sturz zu Boden erneut aufsteht, sich nicht unterkriegen und von der Meinung anderer beirren lässt, der ist zu vielem fähig!

Natürlich reicht der Glaube an sich selbst und seine eigene Kraft nicht aus, um physikalische Gesetze zu brechen (zum Beispiel ist es sehr unwahrscheinlich, dass ein Mensch von einem Hochhaus springt und ohne Hilfsmittel fliegt) aber wo ein Wille ist, da ist bekanntlich auch ein Weg (mit einem Gleitschirm, Flugzeug oder ähnlichem können auch Menschen fliegen).

Und genau so ist es auch möglich, mit Borderline zu leben. Wenn man einen Weg gefunden hat mit den Symptomen der Diagnose zurechtzukommen, sind einem fast keine Grenzen mehr gesetzt.

Manchmal muss man im Leben ganz tief sinken, um sich wieder nach oben zu kämpfen.

Können Borderliner wirklich keine Entscheidungen treffen?
In zahlreichen Fachberichten heißt es, dass es Borderlinern schwerfällt Entscheidungen zu treffen. Manche Experten sind sogar der Meinung, dass es für uns fast unmöglich ist, einen klaren Entschluss zu fassen. Aber stimmt das?

In meinen Augen ist diese Behauptung nicht ganz richtig. Es stimmt zwar, dass es für uns nicht leicht ist, eine Entscheidung zu treffen und wir selbst bei der kleinsten Frage solange überlegen, als ob es die wichtigste Entscheidung unseres Lebens wäre, aber wir treffen sie. Dementsprechend ist es nicht unmöglich.

Allgemein treffen wir mehr Entscheidungen in unserem normalen Alltag als uns manchmal bewusst ist. Es beginnt bereits morgens beim Aufstehen: *Stehe ich auf oder bleibe ich liegen?* Vor dem Kleiderschrank stehen wir und fragen uns: *Was ziehe ich an?*

Besonders für Frauen kann das eine schwierige Aufgabe sein! Aber bevor wir uns diese Frage stellen, haben wir bereits unbewusst die Entscheidung getroffen, überhaupt etwas anzuziehen und nicht im Schlafanzug oder völlig ohne Klamotten aus dem Haus zu gehen. Beim Fernsehschauen stellt sich die Frage welches Programm und welche Sendung wir schauen wollen, in Bus oder Bahn müssen wir uns zwischen den freien Sitzplätzen genauso entscheiden, wie in einem Restaurant oder der Kantine … Die Liste der Entscheidungen, die wir tagtäglich treffen, ist lang. Manche davon sind einfach und andere sind komplizierter. Das kennt jeder Mensch, egal ob Borderliner oder nicht. Viele unserer Entschlüsse treffen wir sogar, ohne dass wir es bewusst wahrnehmen. Das ist in den meisten Fällen auch gut so, denn ansonsten wäre unser Gehirn vollkommen überfordert. Doch egal ob bewusst oder unbewusst wir schaffen es trotzdem, uns immer wieder irgendwie festzulegen. Spätestens dann, wenn nur noch eine Möglichkeit übrigbleibt.

Das *Problem* – wenn man es überhaupt so nennen kann – bei Borderlinern und Entscheidungen ist unser vieles Denken.

Wir machen uns Gedanken über zum Teil unwichtige Dinge, an die kein anderer Mensch außer uns denkt. Wird uns eine Frage gestellt, bei der wir uns entscheiden müssen, hören wir nicht auf das, was unsere innere Stimme dazu sagt, also was unsere eigentliche Meinung ist, sondern überlegen sofort was unser Umfeld von diesem Entschluss halten würde. Eine kleine Frage kann somit eine riesige Gedankenlawine in unseren Köpfen lostreten.

Auf der einen Seite würden wir gerne unsere ehrliche Meinung sagen, gleichzeitig haben wir jedoch Angst, eine falsche Entscheidung zu treffen. Wir wollen Niemanden mit unserer Meinung verletzen oder Probleme bereiten.

Da wir keinen Fehler machen wollen, überlegen wir ununterbrochen hin und her, was die beste Wahl wäre und was von uns erwartet wird. Die Meinung anderer ist uns dabei oftmals wichtiger als unsere eigenen Ansichten.

Durch das ständige Hin und Her verlieren wir nicht selten selbst den Überblick über das, was wir eigentlich wollen. Aus einer einzigen Frage werden in unserem Kopf plötzlich unendlich viele Fragen, die wir erst einmal alle ausführlich bedenken müssen um überhaupt eine Antwort zu geben.

Inzwischen wird unser Gegenüber meist schon ungeduldig und fragt sich, was daran so schwer sein kann, eine *normale* Entscheidung zu treffen.

Was ist zum Beispiel kompliziert daran zu entscheiden, welche gemeinsame Unternehmung am Wochenende geplant werden soll?

Das verunsichert uns noch mehr. Und das Gemeine an der ganzen Sache ist: Haben wir dann endlich die tausend Fragen in unserem Kopf abgearbeitet und uns festgelegt, kommt die Frage: »Bist du sicher?« oder »Wie findest du den Vorschlag?«

Nach dieser Frage beginnt die komplette Gedankenlawine von Neuem …

Fazit: Wir können sehr wohl Entscheidungen treffen. Auch wenn die ein oder andere etwas mehr Zeit in Anspruch nimmt.

Falls wir einen Entschluss gefasst haben, verunsichert uns bitte nicht wieder, sondern bestätigt uns und helft uns das Ziel durchzusetzen. Das ist eine viel größere Unterstützung.

Wenn alle dich niedermachen, dann musst du dich nicht auch noch selbst niedermachen! Dann solltest du es nämlich sein, der dich in den Arm nimmt, dich tröstet und sagt: »Wir geben nicht auf! Egal, was die anderen sagen, wir werden unser Ziel erreichen. Irgendwann werden die anderen nicht mehr über uns lachen, sondern uns bewundern!«

Vermisst und dringend gesucht!

Ich habe mich selbst verloren ... Wann und wo ich mir das letzte Mal selbst über den Weg gelaufen bin, kann ich nicht genau sagen, aber es dürfte bereits einige Zeit her sein.

Die letzten Jahre habe ich mich eindeutig zu oft und zu sehr für andere Menschen verbogen um es ihnen Recht zu machen. Mich selbst und meine eigenen Bedürfnisse habe ich dabei mehr als nur einmal zurückgesteckt oder einfach übergangen bis ich sie irgendwann komplett aus den Augen verloren habe. Ich habe versucht, ein anderer Mensch zu sein. Ein Mensch, der keine Fehler macht, der keine Ecken und Kanten besitzt und der alle Aufgaben, Anforderungen, Werte und Normen der Gesellschaft erfüllt. Ich wollte perfekt sein.

Doch inzwischen habe ich gemerkt, dass genau das falsch ist! Es ist unmöglich perfekt zu sein. Schließlich bin ich ein Mensch und keine Maschine! Ich bin einzigartig und einwandfrei so wie ich bin. Ich brauche mich nicht für irgendwelche anderen Menschen zu verbiegen. Ich muss es im Leben niemanden Recht machen; nur mir selbst. Und genau deshalb hätte ich gerne mein altes Ich wieder.

Also: Wer mich gesehen hat, der kann, darf und soll mich bitte wieder bei mir abgeben. Ich würde mich freuen mein altes Ich zurückzubekommen und ich verspreche auch, dass ich dieses mal bedeutend freundlicher mit ihm umgehe. Ich werde es nicht mehr mit aller Gewalt versuchen zu verändern, sondern es akzeptieren, wie es ist.

... und da ist es wieder: dieses seltsame, ungewohnte Gefühl der Zufriedenheit ...

Ich kann jedem Menschen auf dieser Welt nur raten, sich selbst treu zu bleiben. Es nützt rein gar nichts, wenn man sich für andere Personen verbiegt, um es ihnen Recht zu machen und man sich selbst dabei völlig aus den Augen verliert.

Auch wenn es jetzt womöglich egoistisch klingt:

In manchen Lebenssituationen muss man zuerst an sich denken, bevor man sich Gedanken darüber macht, was andere von einem halten.

Ich persönlich versuche mich nicht mehr für andere zu verbiegen, sondern denke und verhalte mich so, wie ich es für richtig empfinde.

Das funktioniert an manchen Tagen gut und an anderen weniger gut. Jedoch ich bin relativ zuversichtlich, dass die weniger guten Tage zunehmend seltener werden und irgendwann vielleicht sogar komplett verschwinden.

Ich und leicht abzulenken? Nein! Wie kommst du denn darauf? Ich bin doch gerade voll konzentriert am Arbeiten! ...

Boah! Schau! Ein Schmetterling vor unserem Fenster!

Borderline und Arbeit

Oft heißt es Borderliner seien nicht belastbar, schnell überfordert, nicht kritikfähig, viel zu sensibel und denken zu negativ. Nicht selten wird einem aus diesem Grund als Borderline-Betroffener bei einem Bewerbungsgespräch nahe gelegt, seine Berufswahl doch bitte nochmals zu überdenken oder zu überlegen, ob dieser Betrieb wirklich der Richtige für einen sei.

Normalerweise sollte und dürfte eine psychische Erkrankung kein Grund sein einen Bewerber abzulehnen, die Wahrheit sieht jedoch leider anders aus. Besonders in sozialen Berufen hat man es mit einer psychischen Erkrankung nicht leicht. Dabei sollte gerade dort das meiste Verständnis vorhanden sein.

Es mag durchaus sein, dass ein Teil der Borderline-Betroffenen nicht so belastbar ist wie es Nicht-Betroffene sind, aber es gibt auch eine Reihe andere körperliche und psychische Erkrankungen bei denen der Arbeitnehmer ebenfalls nicht voll belastbar ist. Hat ein Bewerber eine körperliche Beeinträchtigung, haben viele Unternehmen Verständnis dafür, bei einer psychischen Erkrankung leider nicht. Menschen mit einer psychischen Erkrankung müssen sich oft erst einmal beweisen. Vorausgesetzt ihnen wird die Chance dazu gegeben.

In meinen Augen ist der größte Teil der Betroffenen jedoch eine Bereicherung für einen Betrieb und kein Handicap. Borderliner sind äußerst leistungsbereit, wollen ihre Arbeit meist nicht nur gut, sondern perfekt ausführen, sind sehr kreativ, meist überdurchschnittlich intelligent und was in sozialen Berufen besonders wichtig ist: wir besitzen viel Einfühlungsvermögen.

Selbst wenn wir ab und zu unsere weniger gute Seite zeigen, Stimmungsschwankungen haben, ausschließlich in schwarz – weiß denken oder nicht voll belastbar sind, sind wir nicht viel anders als andere Mitarbeiter im Betrieb. Auch gesunde Mitarbeiter haben Tage, an denen sie gute Leistungen erbringen und andere Tage, an denen ihnen das nicht gelingt. Jeder Mensch hat seine Ecken und Kanten. Kein Mensch ist perfekt und genau deshalb sollten wir jeden so akzeptieren wie er ist. Man sollte jedem eine Chance geben zu zeigen, was in ihm steckt und nicht von vornherein verurteilen.

Wird ein Borderliner in dem richtigen Maße gefördert – und nicht überfordert – kann er nicht nur den Betrieb um einen engagierten Mitarbeiter bereichern, sondern wird auch in sich stabiler. Viele Betroffene sehen keinen Sinn in ihrem Leben und fühlen sich überflüssig, zu nichts zu gebrauchen, haben kein Selbstvertrauen und kein Selbstwertgefühl, doch durch einen Job kann sich das ändern. Sie haben eine Aufgabe, werden gebraucht, sind wichtig und Teil eines Teams. Das kann das Selbstvertrauen und Selbstwertgefühl ungemein steigern.

Ich finde jeder Betroffene, der sich einen Job zutraut, sollte die Gelegenheit bekommen sich in einem Betrieb zu beweisen. Der Arbeitgeber sollte sich erst nachdem er eigenständig gesehen hat, dass der Bewerber wirklich nicht für den Beruf geeignet ist, ein Urteil über ihn erlauben. Man sollte nicht alle Borderline-Betroffenen in ein und dieselbe Schublade stecken. Es gibt Betroffene, die voll belastbar sind und andere, die weniger belastbar sind, so wie es bei allen anderen Mitarbeitern ebenfalls der Fall ist. Die Diagnose Borderline sagt rein gar nichts über die Arbeitsqualität der Person aus.

Außerdem gibt es sicherlich auch die Möglichkeit einen nicht voll belastbaren Bewerber eine halbe oder viertel Stelle anzubieten.

Wenn ein Arbeitgeber ausschließlich komplett funktionstüchtige Mitarbeiter einstellen will, die jeden Tag das gleiche Leistungspensum haben, keine Schwächen besitzen, keine Gefühle zeigen, jeden Tag gut gelaunt sind, sollten er am besten Maschinen einstellen. Ansonsten werden alle seine Mitarbeiter schwankende Leistungen erbringen und die ein oder andere Schwäche besitzen.

Die Kunst ist es, die Stärken eines Menschen zu erkennen und nicht ausschließlich seine Schwächen zu sehen.

Manchmal möchte ich einfach nur fliegen. Wegfliegen. Schwerelos sein. Vor allem fliehen.

Ich fühle mich innerlich tot, obwohl mein Herz noch schlägt.

Einerseits habe ich gar keine Gefühle mehr und spüre nur innere Leere und eisige Kälte, anderseits bin ich kurz davor zu explodieren, weil sich zu viel Druck in mir angesammelt hat.

Ich spüre meinen Körper nicht mehr. Ich weiß nicht, ob ich noch lebe oder bereits tot bin ...

Immer wenn du denkst »schlimmer geht es nicht«,
kommt von irgendwo ein Idiot daher gelaufen und
schlägt dir nochmal mit einer Bratpfanne ins
Gesicht.

Weshalb muss das Leben so kompliziert sein?
Ich habe meinen Körper zerschnitten, weil ich nie
wieder von einem Mann angeschaut werden wollte.
Ich wollte nie wieder geliebt werden. Ich wollte
hässlich sein. Ich kann mich noch nicht einmal
selbst lieben, wie soll mich dann jemand anderes
lieben?
Doch plötzlich tritt ein Mann in mein Leben,
schaut hinter die Narben und sieht den Menschen
in mir. Das, wovor ich immer Angst hatte und nie
wollte, dass es geschieht, ist passiert.

Es fühlt sich ungewohnt an, von jemandem
gemocht zu werden, und mir fällt es schwer, dieses
Gefühl zuzulassen. Aber irgendwie fühlt es sich
gleichzeitig auch gut an.
Meine Angst ist es jedoch, dass er mich nicht mehr
mag und abstoßend findet, wenn er meinen
kompletten vernarbten Körper sieht ...
Meine Narben waren eine Art Schutzpanzer für
mich. Doch dieser Schutz wirkt nicht mehr.

Warum fügen einem die Menschen, die man am meisten liebt, die schlimmsten Schmerzen zu? Warum tue ich ihnen weh? Das will ich doch gar nicht. Ich will nicht, dass sie mich verlassen, auch wenn ich sie in diesem Moment hasse.

Ein glückliches Leben

Für mich ist ein glückliches Leben, wenn ich nicht ständig und jeden Tag funktionieren muss, sondern selbst über mich und mein Leben bestimmen kann.

Ich hasse es jeden Morgen aufzustehen und direkt vorgeschrieben zu bekommen, dass ich um 8.00 Uhr auf der Arbeit Leistung zu erbringen habe, um 12.00 Uhr Hunger haben soll, weil es da Mittagessen gibt, um 12.30 Uhr ist die Pause zu Ende und ich soll wieder Leistung erbringen, um 16 Uhr hab ich Feierabend und kann kurz durchatmen, bevor ich zuhause mit meinem Hund gassi gehe, den Haushalt erledige, Abendessen koche, noch ein bisschen fern schaue um dann gegen 22 Uhr todmüde ins Bett zu fallen. Und das am besten jeden Tag und ohne zu meckern! Das nennt sich meiner Meinung nach nämlich nicht Leben, sondern ist ausschließlich ein Funktionieren. Das kann und will ich nicht.

Fragt man jedoch andere Menschen ob sie das, was sie täglich ableisten, als Leben bezeichnen und damit zufrieden sind, antworten die meisten: »Ja, klar. Schließlich machen es ja alle so und wenn man nicht am Existenzminimum leben will, muss man sich anpassen.«

Wenn man das Leben genauer betrachtet, kann man sagen: Das Leben ist ein Würfelspiel. Entweder hat man Glück und gewinnt oder man hat Pech und verliert.

Fakt ist: Die Vergangenheit prägt jeden Menschen. Jeder Mensch ist ein Spiegelbild seiner Vergangenheit. Sowohl positive als auch negative Erlebnisse werden von jedem Menschen anders verarbeitet.

Alles, was man im Laufe seines Lebens erlebt, prägt einen. Alle Erfahrungen, die man macht, verändern einen, egal ob positiv oder negativ. Jeder Mensch verändert sich im Laufe der Zeit. Manche werden verbittert, andere aufgeschlossener, manche ziehen sich zurück, andere suchen die Öffentlichkeit. Doch egal wie sich ein Mensch in seinem Leben verändert, welche Entscheidungen er trifft oder wie er sich entschließt zu leben: Er ist und bleibt immer noch Mensch!

Ich atme ein, ich atme aus. Pro Minute atmen wir durchschnittlich 12 mal ein und aus. Das sind 72 Atemzüge pro Stunde, 1.728 täglich. Meistens ändert sich innerhalb eines Atemzugs gar nichts, aber manchmal ändert sich auch alles.

Manchmal stellt uns das Leben ganz unverhofft vor vollendete bescheidene Tatsachen und wir müssen sehen, wie wir damit klarkommen. Wir flüchten uns ins Funktionieren, versuchen im Alltagstrott Halt zu finden, aber merken immer wieder, dass wir weiter abstürzen. Wir ändern Wege, Richtungen, Methoden, aber scheinen uns nur im Kreis zu drehen. Wir wissen, dass es irgendwie weitergehen muss, doch wie dieses irgendwie aussieht, ist uns ein Rätsel.

Ich selbst bin mein größter Feind.

Ich fühle mich in meinem eigenen Körper gefangen.
Ich befinde mich in einem tiefen, dunklen Loch. Immer wenn ich versuche herauszukommen ist es, als ob meine Hände bereits draußen wären und ich mich hinausziehen wollte und irgendein Idiot vorbeigeht und auf meine Finger tritt, so dass ich loslassen muss und mit voller Wucht zurück auf dem Boden aufschlage.

Wenn man einem Kind nicht zuhört, fängt es an zu schreien.

Wenn man einem Erwachsenen nicht zuhört, wird er still.

Wie oft hast du schon alleine in deinem Zimmer gesessen und geweint und niemand hat davon etwas mitbekommen? Wie oft hast du schon mit Tränen in den Augen gelacht? Wie oft hast du schon gesagt, dir geht es gut, obwohl es dir sehr schlecht ging? Wie oft hast du schon darüber nachgedacht, wer dich vermissen würde, wenn du gehst?

Wahrscheinlich viel zu oft. Deshalb halte kurz inne und lass dir sagen, dass du ein unwahrscheinlich wertvoller Mensch bist! Sehr wahrscheinlich hast du schon viel in deinem Leben mitgemacht und durchleben müssen, vermutlich hast du viele Fehler begangen, falsche Entscheidungen getroffen oder nicht gehandelt, obwohl du handeln solltest … Aber all das ändert nichts daran, dass du wertvoll bist und bleibst!

4. Gedanken, Emotionen und andere Schwierigkeiten

Lieber Mensch, der mein Verhalten nicht versteht, lass uns mal einen kleinen Spaziergang machen.

Ziehe deine Schuhe aus und laufe mit mir meinen Lebensweg entlang.

Gehe mit mir durch alle Täler und Tiefen, die ich in meinem Leben durchwandern musste. Spüre die Schmerzen, die mir angetan wurden. Erlebe, wie es ist am Boden zu liegen und von niemandem beachtet zu werden. Sehe, wie die meisten Menschen an einem vorbeilaufen und dabei demonstrativ in die andere Richtung blicken. Versuche auch du, mit Tränen in den Augen zu lachen um anderen vorzuspielen, dass du trotz der Probleme, quälenden Erinnerungen und negativen Gedanken *glücklich* bist.

Und dann sage nochmal, dass du mein Verhalten nicht verstehst …

Sensibel zu sein ist kein Zeichen von Schwäche. Ganz im Gegenteil: In unserer heutigen Welt mit all den Grausamkeiten gehört eine Menge Mut dazu empfindlich zu bleiben!

Hin und wieder fühle ich mehr, als ich ertragen kann. Ich ertrinke förmlich in meinen eigenen Emotionen. An manchen Tagen ist das so schlimm, dass ich am Ende gar nichts mehr spüre. Alles widerspricht sich.

Wie kann ein Mensch so viel fühlen, dass er gar nichts mehr spürt? Geht das überhaupt? Was stimmt mit mir nicht?

Ab und zu bin ich von mir selbst und meinen Emotionen sogar so sehr verwirrt, dass ich zu einem zwischenmenschlichen Arschloch werde. Ich ziehe mich von meiner Umwelt zurück, hasse mich selbst, leide unter dem Problem, aber kann nicht darüber reden. Ich blocke alles ab und kann nicht sagen, was ich will oder was mir fehlt. Ich weiß, dass ich mich scheiße verhalte, doch kann es nicht ändern.

In solchen Situationen brauche ich jemanden, der auf mich zukommt, mir die Hand reicht und mir sagt »Alles halb so schlimm, das wird wieder«, doch leider passiert das fast nie. Denn die *normalen* Menschen verstehen meine Art zu fühlen nicht. Für sie ist es fremd, dass jemand so viel fühlt, dass er

Angst vor dem Schmerz bekommt, den diese starken Gefühle auslösen. Für sie bin ich dann nur die Verrückte, die ohne Vorwarnung nicht mehr kommt, alle Nachrichten liest, aber sich trotzdem nicht ohne Aufforderung meldet.

Sie verstehen nicht, dass mich meine eigenen Gedanken und Gefühle so fesseln, dass ich den ersten Schritt nicht mehr alleine tun kann. Wie auch? Ich verstehe mich schließlich selbst nicht!

Ich fühle viel stärker und intensiver als normale Menschen. Außerdem habe ich überdurchschnittlich viel Empathie. Selbst wenn mein Gegenüber seine Emotionen verbergen will, kann ich wahrnehmen, was es gerade fühlt. Aber dennoch habe ich manchmal das Gefühl, dass Emotionen nicht ganz mein Ding sind ...

Leben in einer Eiswüste

Alleine und verlassen irrt sie durch die trostlose Wüste aus Eis. Sie wirkt verloren und ohne Hoffnung. Alles Glück und jegliche Freude scheinen aus ihr gewichen zu sein. Ihr Gesicht ist kreidebleich und jede Mimik erstarrt. Ihre Augen sehen kraftlos aus und spiegeln die Trauer und Hoffnungslosigkeit wieder, die in ihr herrscht. Jeglicher Glanz ist erloschen. Das Mädchen wirkt genauso, wie ihre eisige Umgebung, in der sie gefangen ist: Kalt, leer und verloren – einfach tot.

Die Kälte macht Leben unmöglich. Alles ist erfroren und zu Eis erstarrt.

Betrübt beobachte ich aus einiger Entfernung das traurige Schauspiel. Ich weiß, dass ich das Mädchen bin. Ich bin es, die in dieser ewigen Wüste aus Eis, die meine eingefrorenen Gefühle widerspiegelt, gefangen bin. Ich bin es, die dort alleine und verlassen herumirrt.

Es tut mir weh, das zu sehen. Das arme Mädchen tut mir leid. Ohne dass ich es will, kullert eine dicke Träne über meine Wange und tropft anschließend auf den gefrorenen Boden. Dadurch passiert das Unfassbare: In dem Moment als die salzige Träne den totgeglaubten Boden berührt, beginnt dort das Eis zu tauen. Es schmilzt, bis darunter ein kleiner Fleck *Grün* und eine einzelne zarte Blütenknospe auftaucht.

Fassungslos knie ich mich nieder, um das Fleckchen neuerwachtes Leben in der ansonsten lebensfeindlichen Umgebung genauer zu betrachten.

Die Knospe ist noch winzig und sieht zerbrechlich aus, sodass ich Angst habe, sie zu berühren, da ich fürchte, ich könne sie dadurch zerstören.

Aber ich weiß: Wenn ich gut für sie sorge, wird sie weiter wachsen, irgendwann erblühen und zu einer großen prachtvollen Blume heranwachsen. Und auch das restliche Eis wird im Laufe der Zeit wegschmelzen und neues Leben freigeben.

Bis dahin ist es noch ein weiter Weg und es wird wahrscheinlich auch Rückschläge geben, aber ich weiß: Irgendwann wird sich die trostlose Eiswüste in einen farbenfrohen Garten verwandeln. Einen prächtigen Garten, in dem vielen bunte Blumen blühen und Leben wohnt. All das ist möglich, denn meine Gefühle sind nicht tot, sondern nur unter einer dicken Eisschicht eingefroren. Wenn diese getaut ist, wird auch das Mädchen nicht mehr einsam und verloren im Eis herumstolpern.

Als ich mich nach ihr umsehe, blickt sie in meine Richtung, sodass ich in ihr blasses Gesicht sehe.

Sie wirkt zwar weiterhin traurig und kühl, doch ich habe das Gefühl, ihr Gesichtsausdruck sieht nicht mehr ganz so hoffnungslos und tot wie zuvor aus.

Depressionen sind, wenn die Gefühle einfrieren und man nur noch Kälte, Leere und Trauer spürt. Es herrscht sozusagen Winter in einem drinnen.

Jeder Mensch wird hin und wieder von Zweifeln, Problemen, Sorgen, Ängsten und seinen eigenen Tränen überrannt, das ist völlig normal. Schließlich kann nicht jeder Tag gut und von Glück durchzogen sein. Kein Mensch kann 24 Stunden am Tag sieben Tage die Woche, 365 Tage im Jahr gut gelaunt und fröhlich sein. Das geht nicht! Das ist unmöglich! Nicht umsonst gibt es den Satz: *Mit Tränen in den Augen lachen.*

Ein Mensch, der behauptet, er sei nie traurig gewesen, ist meinen Augen kein Mensch, sondern ein Roboter. Trauer und Unglücklichsein gehört ebenso wie Liebe und Fröhlichkeit zum Leben dazu.

Menschen sind wie Eisberge. Du siehst nur das, was aus dem Wasser herausragt. Der Rest liegt unsichtbar unter der Oberfläche verborgen.

Manchmal würde ich gerne verschwinden. Keine Ahnung wohin, einfach weg sein. Ganz weit weg oder mich in Luft auflösen. Aber leider funktioniert das nie wie ich es gerne hätte.

Ich weiß nicht, ob jeder Mensch diese Momente kennt, in denen einem alles zu viel wird und man vor lauter Problemen und Sorgen sein eigenes Ich nicht mehr erkennt. Ich habe diese Momente auf jeden Fall oft. Vielleicht auch zu oft.

Ärzte sagen ich sei depressiv. Na ja, kann sein. Ich weiß es nicht. Allgemein weiß ich kaum etwas. Entscheidungen überfordern mich genauso wie der Rest der Welt.

Letztens wurde ich von meinem Therapeuten sogar gefragt, ob ich an Suizid denke! Hmm ... ein Ausweg aus meinen Problemen wäre das ja schon, aber ich weiß nicht, ob ich so mutig wäre, um diesen endgültig letzten Schritt tatsächlich zu gehen. Vermutlich wäre mir das zu anstrengend. Außerdem hänge ich ja irgendwie doch am Leben. Nicht an meinem Leben, das ich im Moment führe, aber an dem Leben, das ich früher, also vor ein paar Jahren, geführt habe. Damals war noch nicht diese endlose Traurigkeit in mir und es gab noch Dinge, die mir Freude bereitet haben. Jetzt ist das leider nicht mehr der Fall. Jetzt ist um mich herum und in mir drinnen alles grau, dunkel und trostlos.

Oft tue ich stark, doch in Wirklichkeit ist meine Elefantenhaut nur aufgemalt.

Depressionen zu haben fühlt sich an, wie in einer Scheinwelt zu leben. Man ist zwar da und nimmt am Leben teil, aber keine oder nur sehr wenige Emotionen aus der Umwelt springen auf einen über.

Alles in einem drinnen fühlt sich kalt und leer an. Selbst im Hochsommer friert man, weil einem von innen heraus kalt ist. Diese Kälte ist extrem unangenehm und man kann nichts gegen sie tun. Keine Zwiebelschichten aus Kleidung oder Decken helfen; man friert immer weiter.

Manchmal erleben Menschen Dinge, die im Herzen sehr weh tun. Das führt zu Verletzungen. Wenn diese heilen, bleiben Narben zurück. Das sind dann Erinnerungen, die man an seinen Armen trägt.

Gelegentlich, oder eigentlich ziemlich oft, verstehe ich die Welt nicht. Tagsüber bin ich glücklich, lache und habe kaum Sorgen oder Ängste. Ich lebe in den Tag hinein und bin zufrieden mit dem, was ich mache, was ich erreicht habe und wo ich in meinem Leben jetzt stehe. Doch kaum geht die Sonne unter und die Nacht bricht herein, kommen die Selbstzweifel. Ich fühle mich einsam, nicht gut genug, unfähig und denke an alles, was in meinem Leben nicht nach Plan gelaufen ist, welche Fehler ich gemacht und welche Chancen ich verspielt habe. Plötzlich wird mir alles bewusst was ich falsch gemacht habe und nicht mehr ändern kann.

An manchen Tagen kommt es sogar vor, dass ich mich in den Schlaf weine, weil ich so traurig, verzweifelt, wütend und enttäuscht von mir selbst bin.

Doch kaum geht am nächsten Morgen die Sonne wieder auf, kehrt auch mein Optimismus zurück. Die Spuren der Nacht sind wie ausgelöscht.

Zumindest bis die Sonne wieder untergeht ...

Heute Morgen strahlender Sonnenschein, dann ein starkes Gewitter mit anschließenden Regenfällen, danach betrübt und gegen Abend klart es wieder auf.

Diese Beschreibung klingt wie ein Wetterbericht für einen wechselhaften Tag im April, ist aber mein normaler Alltag.

Mein größtes Geheimnis?

Ich bin Mensch!

Ich mache Fehler, ich bin nicht perfekt, ich treffe falsche Entscheidungen, ich falle manchmal zu Boden, bin traurig, weine, kann wütend werden, schreien, doofe Kommentare von mir geben, witzig sein, aber auch ernst und nachdenklich wirken. Ich kann mich erwachsen verhalten, anständig und nicht aus der Norm fallen, aber ich kann auch albern und kindisch sein und aus der Reihe tanzen.

Ich gehe auf zwei Beinen, besitze ein Gehirn, ein Herz und mein Körper besteht aus Fleisch und Blut.

Ich habe Gefühle, die auch verletzt werden können, und bin mächtig mich mit Worten mitzuteilen …

Also alles, was andere Menschen auch können, aber trotzdem bin ich anders als alle anderen Menschen, was wiederum ebenfalls menschlich ist.

Jeden Morgen sage ich mir: »Heute wird ein guter Tag. Heute wird ein normaler Tag. Heute läuft alles nach Plan.« Und jeden Abend frage ich mich, ob ich eigentlich auch noch an den Weihnachtsmann glaube.

Ich bin hochsensibel. Mir fehlt die Fähigkeit, die Reize in meiner Umgebung nach Wichtigkeit zu sortieren und zu filtern. Alles stürzt 24 Stunden am Tag, sieben Tage die Woche auf mich ein und ab und zu überfordert mich das. Verständlicherweise!

Ich höre nicht nur *was* meine Mitmenschen sagen, sondern ich höre auch was sie nicht sagen. Ich kann zwar keine Gedanken lesen, aber ich kann Mimiken und Gestiken deuten und das ist unter Umständen ziemlich anstrengend. Oft entsteht dadurch ein riesen großes Durcheinander in meinem Kopf.

Wenn zu viele Reize auf einmal einschlagen möchte ich am liebsten laut »Ruhe!« schreien. Das sind dann Situationen, in denen ich nach außen hin explodiere. Situationen, in denen ein einziges falsches Wort meines Gegenübers mein Fass zum Überlaufen bringt und ich abhaue oder *angepisst* bin und mich zurückziehe.

Einerseits ist dieses viele und vor allem intensive fühlen total schön und hat bei der Arbeit mit Menschen Vorteile, aber auf der anderen Seite ist es auch extrem anstrengend und ermüdend.

Da extrem viel zu fühlen und so empathisch zu sein in unserer Welt nicht normal ist, haben ein paar tolle Psychologen gemeint mir eine Diagnose aufzudrücken.

Doch egal, welche Diagnose ich habe, es ändert nichts daran, dass ich in erster Linie immer noch Mensch bleibe. Das einzige, was sich durch die Diagnose geändert hat, ist, dass ich es jetzt schwerer im Leben habe, weil jeder der die Diagnose hört, direkt denkt: *Achtung! Verrückte im Anmarsch!*

Aber wenn es verrückt ist, dass ich so viel Empathie besitze, meine Gefühle intensiver wahrnehme als andere Menschen, lieber etwas wage als ständig Angst zu haben an etwas zu scheitern, jeden Tag an meine Grenzen gehe, weil ich für meine Träume kämpfe, dann bin ich gerne ein bisschen *verrückt*. Denn ab und zu tut es gut aus der Reihe zu tanzen und aus dem Rahmen zu fallen. Normalsein kann schließlich jeder.

»Du musst positiv denken!«, haben sie gesagt.

Ok. Ich habe die Diagnose Borderline Persönlichkeitsstörung. Na ja, immerhin habe ich eine Persönlichkeit, die gestört ist. Besser als gar keine Persönlichkeit zu haben.

Ich bin gefangen in einem Gefängnis, das niemand außer mir sieht und aus dem ich nicht ausbrechen kann. Nie werde ich dieses Gefängnis verlassen können und frei sein. Ich werde wohl oder übel irgendwann darin sterben, denn es gehört unablösbar zu mir. Ich kann es nicht verlassen, denn es begleitet mich auf Schritt und Tritt. Alle in meiner Umgebung sehen es, aber niemand nimmt es als Gefängnis wahr. Denn mein Gefängnis besitzt weder Gitterstäbe noch ist ein Schloss oder ein Riegel vor der Tür. Es hat nicht einmal eine Tür. Doch trotzdem bin ich darin gefangen …

Die einzige Möglichkeit für mich ist es zu lernen, in und vor allem mit dem Gefängnis zu leben. Ich muss mich mit ihm anfreunden um zu überleben und irgendwann vielleicht sogar glücklich zu sein. Ich muss es akzeptieren anstatt es abzulehnen und dagegen anzukämpfen, denn das Gefängnis in dem ich lebe, ist mein eigener Körper. Versuche ich es zu zerstören, dann zerstöre ich auch mich.

Heute ist ein guter Tag, um mutig zu sein und sich seinen Ängsten zu stellen.

Manchmal habe ich das Gefühl, dass zwei Persönlichkeiten in mir wohnen (Nein, ich bin nicht schizophren).

Eine Persönlichkeit ist freundlich, schüchtern, zuvorkommend, hält sich an alle Regeln, will es allen Menschen recht machen – also verhält sich wie ein Engel. Und die andere Persönlichkeit ist das krasse Gegenteil. Sie ist ein Rebell. Sie ist prinzipiell dagegen, hält nichts von Regeln und Normen und möchte das Leben genießen. Sie will das tun, worauf sie Lust hat.

Diese zwei Persönlichkeiten führen tagtäglich einen unerbittlichen Kampf in meinem Kopf. Der eine will normal sein und nicht auffallen und der andere will Spaß haben und pfeift auf sämtliche Regeln und Normen.

Ab und zu habe ich so viel Chaos im Kopf, dass ich mich selbst darin nicht mehr finde. Ich liege dann irgendwo zwischen Selbstzweifeln, zerbrochenen Träumen, Trauer und Hoffnung begraben.

Wenn ich meinen Gefühlen eine Gestalt geben müsste, würde ich sagen, dass sechs verschiedene Tiere in mir wohnen.

Das eine Tier ist ein großer Bär. Er hat immer Hunger und ist deshalb meistens mürrisch gelaunt. Wenn er vorbei kommt, geht meine Laune in den Keller und eine Kleinigkeit bringt mich dazu einen Wutanfall zu bekommen und zu explodieren.

Das zweite Tier ist ein Hase. Der Hase ist immer auf dem Sprung, kann nicht stillsitzen und braucht durchweg etwas zu tun. Ansonsten bekommt er Langeweile und kommt somit schnell auf dumme Gedanken.

Das dritte Tier ist ein kleines Mäuschen. Es ist schüchtern und ängstlich. Es mag keine lauten Geräusche und versteckt sich deshalb gerne.

Das vierte Tier ist ein Tiger. Er ist stark und hat eine Menge Kraft, die er leider nicht immer gezielt einsetzen kann. Aber trotzdem weiß er meistens, was er will und kämpft dafür.

Aufpassen: Seine Krallen können auch sehr verletzend sein!

Das fünfte Tier ist ein Esel. Er ist nicht sonderlich helle im Kopf und weiß nie was er will. Deshalb ist er gegen alles und sträubt sich gegen jede Aktion, die von ihm verlangt wird. Reizt man ihn oder drängt ihn in eine Ecke, tritt er aus und rennt davon. Wenn es sein muss auch mit dem Kopf durch die Wand.

Über diesen kleinen Zoo wacht eine Eule. Sie ist äußerst schlau und reflektiert. Sie überlegt viel und plant gerne jeden Schritt. Doch leider ist sie auch sehr verschlafen … Aufgrund ihrer ständigen Müdigkeit ist sie häufig im Land der Träume und dann machen die Tiere in mir was sie wollen. Dann tobt der Bär, im nächsten Moment sprengt der Hase den Eselsstall in die Luft, die Maus klaut dem Tiger sein Futter, daraufhin jagt der Tiger die Maus … Also pures Chaos bricht aus. Bis die Eule wieder aufwacht, ein Machtwort spricht und für Ordnung sorgt.

Das Mutigste, was ich je gemacht habe? Ich habe weitergelebt, obwohl ich sterben wollte!

Weinen ist kein Zeichen von Schwäche oder mangelnder Selbstkontrolle. Weinen ist lediglich ein Zeichen dafür, dass sich in unserem Innern zu viele Gefühle aufgestaut haben die in diesem Moment raus wollen. Es ist ein natürliches Ventil unserer Psyche um Wut, Frust, Trauer, Angst und Verzweiflung abzubauen. Ohne dieses Ventil würden sich diese starken Gefühle solange in uns ansammeln, bis wir irgendwann explodieren oder unter dem Druck zusammenbrechen.

Wieso gilt es also als schwach, instabil oder sensibel wenn eine erwachsene Person oder gar ein Mann weint? Ist es nicht bedeutend *schlimmer*, wenn jemand solange die Gefühle in sich einsperrt bis er Depressionen, ein Burnout, Nervenzusammenbruch oder Ähnliches bekommt?

Tränen sind bis zu einem gewissen Grad eine natürliche Reaktion unseres Körpers, die wir nicht unterdrücken sollten.

Man kann im Leben vor vielen Dingen davonlaufen. Aber nicht vor sich selbst, seinem eigenen Schatten und seiner Vergangenheit.

Wenn ich gefragt werde, wie es mir geht, würde ich manchmal am liebsten meinem Gegenüber die Gegenfrage stellen, auf welche Uhrzeit sich seine Frage bezieht. Denn für mich macht es oft einen großen Unterschied, ob sich die Frage auf meine aktuelle Gefühls- und Stimmungslage bezieht, auf die vor fünf Minuten, die vor einer Stunde, die von heute Mittag, von heute Morgen oder ganz früh am Morgen nach dem Aufstehen. Doch damit würde ich mein Gegenüber vermutlich nur verwirren ... Deshalb antworte ich einfach »gut«.

Schließlich ging es mir bei den gefühlten 5.000 Gefühls- und Stimmungsschwankungen bestimmt auch irgendwann einmal gut zwischendrin.

Soldaten kämpfen im Krieg, Anwälte kämpfen für das Recht ihrer Mandanten, die Regierung kämpft für Gerechtigkeit und ich kämpfe einfach nur um mein Überleben.

Ich fühle mich wie in einem außer Kontrolle geratenen Zug, dessen Notbremse defekt ist. Ich habe keine Ahnung, wie ich ihn stoppen soll. Er rast mit Höchstgeschwindigkeit auf eine Mauer zu. Der Crash ist nicht mehr aufzuhalten.

Panisch renne ich zur Tür des Lokführers und hämmere mit meinen Fäusten gegen die Tür. Doch niemand reagiert. Ich reiße die Tür auf.

Es ist niemand anwesend. Niemand, der den Zug aufhalten kann. Ich bin verloren.

Meine letzte Hoffnung ist, dass die Notbremse doch noch wirkt. Eilig laufe ich zu ihr und ziehe sie. Doch nichts passiert. Der Zug wird nicht langsamer. Im Gegenteil: Er beschleunigt. Ich bin verloren. Ein lauter Knall. Ein Aufprall.

Herzlich willkommen in der Realität!

Hätte ich in meinem Leben ausschließlich auf die Menschen gehört, die mir immer gepredigt haben, was ich NICHT kann, dann würde ich heute vermutlich nicht mehr leben.

Wie? Eine Kleinigkeit kann ein Fass nicht zum Überlaufen bringen?

Wenn ich in ein Fass klitzekleine Reiskörner fülle, dauert es gewiss länger bis das Fass gefüllt ist, als wenn ich es mit großen, schweren Steinen befülle. Aber das Fass wird trotzdem voll werden. Und wenn ich dann noch mehr Reis reinkippe, wird das Fass irgendwann randvoll sein. Und wenn ich dann nicht aufhöre noch mehr Reis hineinzufüllen, bringt irgendwann ein einziges, winzig kleines Reiskorn das ganze Fass zum Überlaufen. Also so gesehen können auch dutzende Kleinigkeiten, denen man es eigentlich nie zutrauen würde, weil es Nichtigkeiten sind, dafür sorgen, dass ein Mensch irgendwann zu viel hat, explodiert, zusammenbricht oder seine Emotionen *überlaufen*.

Die Kunst ist es nicht Problemen auszuweichen, die Kunst ist es selbst in schwierigen Zeiten optimistisch zu denken und die Probleme zu lösen.

Hunde sind genial und schlau zugleich! Sie halten sich nie für jemand anderen und wollen auch nie jemand anderes sein, sondern sie sind immer sie selbst und sind damit voll und ganz zufrieden! Sich verstellen, Gefühle überspielen oder jemand anders sein wollen, ist ihnen völlig fremd.

In diesem Punkt sind sie dem Menschen eindeutig voraus!

Die schlimmsten Gefühle sind die, die da sind, für die man jedoch keinen Namen findet, und mit denen man auch nichts anzufangen weiß.

Mir geht es gut! Geht es mir gut? Ich weiß es nicht. Woher weiß ich, dass es mir gut geht? Wie fühlt sich dieses gut an? Ich kann es nicht sagen.

Überhaupt ist es unmöglich für mich zu beschreiben, was in meinem Inneren vor sich geht. Es fühlt sich an wie immer – normal eben. Aber ist das gut?

In meinem Leben läuft zurzeit alles, wie ich mir es wünsche. Also muss es mir gut gehen. Oder? Ich denke ja. Doch wieso fühle ich dieses Gut nicht?

Ich kann lediglich aufgrund äußerer Umstände annehmen, dass es mir gut geht.

Gefühle sind verdammt kompliziert. Da soll nochmal jemand durchblicken!

Das Schlimmste an häuslicher Gewalt, Mobbing und sexuellem Missbrauch ist, wenn am Ende der Satz: »Ich habe es immer gewusst!« gesagt wird und trotzdem nie etwas unternommen wurde.

Gefangen im Kerker des Alltags

Jeden Tag versuchen wir bestmöglich zu funktionieren. Morgens denken wir schon an abends, montags an freitags, freitags schon wieder an Montag und noch während unserer Ferien rechnen wir die verbleibenden Arbeitstage bis zum nächsten Urlaub aus.

Im Laufe der Jahre haben wir völlig verlernt, den Moment zu leben – oder allgemein zu leben. Wir hetzen der Zeit hinterher und wundern uns anschließend, dass uns die Zeit zum Leben fehlt. Gefühle, Emotionen, die eigene Gesundheit und Zeit für sich selbst oder eine geliebte Person bleibt in unserer heutigen Leistungsgesellschaft kaum. Wir sperren uns, unsere Gefühle und nicht selten sogar einen Teil unseres eigenen Ichs in einen *Kerker*, weil wir gewisse Dinge als unerwünscht ansehen. Doch eigentlich sollten wir uns fragen, ob wir es sind, die diese Dinge als unerwünscht ansehen, oder ob es die Gesellschaft ist, die sagt: »Sperr das weg, das brauchst du nicht!«…

Früher dachte ich Physik und Chemie wären die komplizertesten Dinge der Welt. Man war ich naiv! Das wahre Leben ist viel komplizierter und unberechenbarer als jede Chemikalie oder physikalische Kraft!

»Was ist zum Weinen?«
Fragt die Depression.

»Was ist in deinem Leben zum Kotzen?«
Fragt die Bulimie.

»Was möchtest du aus dir herausschneiden?«
Fragt die Selbstverletzung.

»Was soll verschwinden und weggehungert werden?«
Fragt die Magersucht.

»Wer bist du?«
Fragt dein Spiegelbild.

»Wer hat dich zu dem gemacht, der du jetzt bist?«
Fragst du dich selbst.

»Was kannst du überhaupt?«
Fragt der Selbsthass.

»Du bist verrückt!«
Sagt die Gesellschaft.

»Sie sind krank!«
Sagt der Psychologe.

Eigentlich ... ja eigentlich hatte ich mein Leben vollkommen anders geplant.

Ich weiß nicht, wie oft ich schon (grundlos) wild um mich geschlagen habe, weil ich das Gefühl hatte in einer Sackgasse gefangen zu sein. Ich sah als einzige Möglichkeit daraus zu entkommen die vollkommene Vernichtung des Problems, welches mir den Weg versperrte – obwohl ich in den meisten Fällen lediglich einen kleinen Umweg in Kauf nehmen gemusst hätte. Ein kurzes Stück meines Weges zurückgehen und einen anderen Weg einschlagen oder einfach eine Weile ruhig abwarten ausgereicht hätte, um das Problem gewaltfrei und ohne Schaden zu lösen. Aber nein, ich war zu ungeduldig! Ich wollte sofort und ohne Umwege zu meinem Ziel und richtete mit meiner Ungeduld mehr Schaden an, als ich Gutes tat.

Es gibt Tränen, die tun gut, wenn sie über die Wangen laufen, es gibt Tränen, die schmerzen, wenn sie die Augen verlassen und es gibt Tränen, die brennen auf der Haut.

Hin und wieder wäre ich gerne nochmal Kind. Denn als Kind musste ich mir keine Sorgen machen, wo ich das Geld für die nächste Miete, das kommende Abendessen oder die folgende Tankfüllung herbekomme. Ich musste keine Steuererklärung schreiben, mich nicht mit Behörden auseinandersetzen oder überlegen, wo ich wann am besten Heizöl bestelle ohne übermäßig viel zu bezahlen. Alle Entscheidungen wurden mir abgenommen und meine einzigen Sorgen waren ob ich pünktlich zu *Schloss Einstein* meine Hausaufgaben fertig hätte und ob die Batterien von meinem Walkman das gesamte Wochenende durchhalten würden bis montags die Geschäfte wieder öffneten.

Ich zählte keine Tage, bis das nächste Gehalt auf meinem Konto überwiesen sein würde, sondern die Tage bis zu den kommenden Schulferien. Betrug, Diebstahl oder Kriminalität kannte ich nur aus dem Fernsehen. Alles Böse und Schlechte dieser Welt schien meilenweit von mir entfernt zu sein. Jeden Morgen wachte ich voller Motivation und mit einem Lächeln im Gesicht auf und war voller Vorfreude, was mich an diesem Tag wohl erwarten würde. Angst hatte ich nicht. Die bösen Monster unter meinem Bett wurden jeden Abend von meinem Vater vertrieben und ansonsten war meine größte Angst, dass meine Mutter meinen Kleiderschrank öffnen und herausfinden würde, dass ich mein Zimmer letzte Woche nicht wirklich aufgeräumt, sondern alles nur in den Kleiderschrank gestopft hatte.

Wo ist bloß diese schöne unbeschwerte Zeit geblieben? Als Kind konnte ich es gar nicht erwarten endlich erwachsen zu werden, aber jetzt vermisse ich das Kindsein.

Wieso hat mir niemand erzählt, dass Erwachsensein so doof und anstrengend ist! Ständig rennt man der Zeit hinterher, zählt das Geld und morgens beim Aufstehen zählt man schon die Stunden, bis man abends wieder ins Bett kann. Das ist doch kein glückliches Leben! Zu gerne wäre ich deshalb noch einmal Kind. Doch leider geht das nicht.

Doch eines können wir uns trotzdem *zurückholen* beziehungsweise wiedererlernen: Die Lebensfreude, die Neugierde und die Unbeschwertheit, mit der Kinder jeden Morgen in den Tag starten! Wir sollten uns nicht von irgendwelchen Idioten, Problemen, Sorgen, Ängsten oder gar von Geld vorschreiben lassen wie viel Freude wir an unserem Leben haben dürfen. Probleme, Ängste und Sorgen sollten niemals unseren Hauptlebensinhalt darstellen! Unsere Lebensfreude ist das kostbarste Gut, das wir besitzen! Deshalb sollten, dürfen und müssen (!!!) wir sogar etwas für unser *inneres Kind* tun! Jeder, egal wie alt er/sie ist, darf sich ab und zu kindisch verhalten! Denn wer das Kind in sich vernachlässigt sorgt dafür, dass dieser kindliche Teil in einem irgendwann stirbt. Und das gilt es zu verhindern! Denn wenn das innere Kind stirbt, dann stirbt ein ganz wichtiger Teil der Persönlichkeit des Menschen mit ihm. Dann verlieren wir unsere natürliche Neugierde, unsere Unbeschwertheit und bekommen Angst Fehler im Leben zu machen. Und das ist nicht schön ...

Deshalb: Wenn es die Zeit und die Situation erlaubt: Sch*** auf Anstand, Vernunft und was andere über dich denken könnten und lass das Kind in dir raus!

Und ganz ehrlich: Was macht mehr Spaß als auf einem Spielplatz zu rutschen oder auf einer Schaukel zu schaukeln?

Hoffnung ist das, was uns davon abhält von der nächsten Brücke zu springen.

5. Dämonen, böse Geister und lachende Clowns

Das Monster lebt nicht unterm Bett. Es schaut mich jeden Morgen im Spiegel an!

Du siehst sie nicht, du hörst sie nicht, aber trotzdem sind sie da.

Kein Mensch sieht die Dämonen, gegen die du tagtäglich ankämpfst. Nur du spürst, wie sie ihre stählernen Fesseln um deine Füße legen und dir das Weitergehen schwer machen. Sie ziehen dich nach unten und wollen dich am Boden festhalten.

Mit aller Kraft kämpfst du gegen sie an, aber keiner bekommt etwas von deiner Schlacht mit, denn nach außen hin lächelst du weiter, als wenn nichts wäre …

Ich habe die Weisheit nicht mit Löffeln gegessen, sondern ich habe gelebt.

Das Gespenst, das mich hasst …

Das Gespenst, das mich hasst, ist ständig bei mir. Egal wie ich mich winde, ob ich versuche zu fliehen oder mich verstecke, es verfolgt mich auf Schritt und Tritt.

Niemand sieht es, selbst ich nicht, aber dennoch ist es ununterbrochen an meiner Seite.

Immer wieder lässt es mich spüren, dass es mich hasst. Jedes mal, wenn ich denke: *So ist es gut, so kann es bleiben*, kommt das Gespenst, das mich hasst und zerstört alles wieder. Mit purer Gewalt und voller Freude randaliert es in meinem Leben und macht alles, was ich mir zuvor mühevoll aufgebaut habe, dem Erdboden gleich. Es hasst mich! Und ich hasse das Gespenst, das mich hasst!

Anders sein ist nicht immer schlecht, aber meistens macht es dich zum Außenseiter.

Liebe Person, die meint, ich sei verrückt, lass mich dir ein paar Fragen stellen und ein paar Stationen in meinem Leben zeigen …

Wie würdest du darauf reagieren, wenn du geschlagen, vergewaltigt oder missbraucht wurdest? Würdest du weiterleben wie zuvor? Würdest du weiterhin glücklich sein und lachen?

Kein Borderline-Betroffener hat sich seine Krankheit ausgesucht. Kein Mensch sagt: Ich will jetzt Borderliner werden, ich habe gerade *Lust* mich selbst zu verletzen, traurig zu sein, depressiv zu werden oder möchte durch mein Verhalten Aufmerksamkeit bezwecken. Kein Mensch beschließt psychisch krank zu werden, sondern die Außenwelt ist es, die den Menschen krank macht.

Lass uns einen Spaziergang über die Berge und durch die Täler meines Lebens machen. Schaue dir alles an was ich sehen und durchmachen musste und dann sage nochmal du verstehst mein Verhalten nicht.

Würdest du ein Buch in der Mitte aufschlagen, eine Seite durchlesen und aufgrund von dem, was auf dieser Seite steht gleich das gesamte Buch verurteilen?

Nein? Wieso tust du es dann bei Menschen? Du hast keine Ahnung, wieso dein Gegenüber sich so verhält, wie es sich eben verhält. Du hast keine Ahnung, was es in seinem bisherigen Leben erlebt hat und welche Erfahrungen es durchmachen musste. Deshalb ist es nicht gerechtfertigt es aufgrund eines, in deinen Augen, unpassenden Verhaltens zu be- oder geschweige denn zu verurteilen!

Lass uns noch weiter gehen. Spürst du die Steine unter deinen Füßen?

Das sind die unzähligen Steine, die mir in Form von Problemen und Sorgen in meinem Leben in den Weg gelegt wurden. Manche dieser Steine waren einfach nur unbequem, wenn ich über sie steigen musste, aber andere Steine waren so groß wie Felsbrocken. Sie versperrten teilweise den kompletten Weg und hinderten mich am Weiterkommen. Es dauerte Tage, Wochen oder gar Monate, bis ich sie beseitigt oder einen Umweg gefunden hatte. Aber laut dir bin ich ja nur faul und gebe mir keine Mühe im Leben weiterzukommen ...

Siehst du den Fluss dort drüben? Du wirfst mir vor, dass ich keine Gefühle zeige. Aber was sagst du, wenn ich dir erkläre, dass dieser Fluss auf der anderen Seite des Tales alleine mit meinen Tränen gefüllt ist?

Du weißt gar nicht, wie oft ich geweint habe und wie oft ich am Boden lag. Allgemein weißt du kaum etwas über mich und mein Leben. Also bitte nimm dir nicht raus mich als verrückt oder krank zu bezeichnen. Erst wenn du mit mir auf meinem Weg durch mein Leben gelaufen bist, all das erlebt und gesehen hast, was ich erlebt und gesehen habe – dann, ja dann darfst du über mich urteilen!

Aber vorher solltest du dir nicht erlauben über einen Menschen ein Urteil zu fällen. Denn du weißt nicht, wie du reagieren würdest, wenn du all das erlebt hättest, was dein Gegenüber erlebt hat.

Gibt man bei einer Suchmaschine im Internet den Begriff ‚Leben' ein, bekommt man meist eine relativ sachliche Definition. Doch kann man dieses Wort überhaupt sachlich beschreiben?

»So ist das Leben«, sagte der Clown und schminkte sich mit Tränen in den Augen ein Lächeln ins Gesicht.

Was ich damit sagen möchte?
Nicht jeder, der glücklich wirkt, ist auch tatsächlich glücklich. Manche Menschen lachen nur, um nicht zu weinen. Sie verstecken ihre Wut, Trauer, Verzweiflung und dadurch ihre Probleme und Sorgen hinter einer *Clownsmaske.* Ihr Mund lächelt selbst dann noch wenn sie innerlich in einem Meer aus Tränen zu ertrinken drohen. Aus Angst und Scham, dass ein anderer ihre Schwäche und somit auch ihre Verletzbarkeit erkennen, ausnutzen, sie deshalb auslachen oder sogar darauf herumreiten könnte, haben sie sich eine künstliche Fassade aufgebaut. Nach außen hin spielen sie eine

selbstbewusste von Selbstvertrauen strotzende Person, die, egal was passiert, nie ihren Optimismus und ihr Lachen zu verlieren scheint. Dass diese positive, glückliche Ausstrahlung lediglich Schein ist und die Realität vollkommen anders aussieht, bemerkt kaum jemand. Wie bei einem Clown im Circus spielen sie ein perfektes Spiel. Nie würden sie vor ihren Mitmenschen weinen, über ihre Sorgen und Ängste reden, Gefühle zeigen oder zugeben, dass ihnen ihre Probleme gerade über den Kopf wachsen. Sie tun alles dafür, dass ihre künstliche Fassade nicht ins Bröckeln gerät. Kein Mensch soll sehen, wie es ihnen tatsächlich geht und dass sie bei den Sätzen: »Mir geht es gut!« oder »Seht her: Die paar Problemchen machen mir gar nichts aus! Ich werde damit ganz leicht fertig.« Tränen in den Augen haben.

Besonders bei depressiven Menschen, Leuten die eine Menge Probleme oder es auch sonst nicht leicht im Leben haben, ist dieses maskenhafte Lachen häufig zu beobachten. Doch im Grunde genommen wird jeder bereits einmal seine Traurigkeit und Verzweiflung hinter einer *Clownsmaske* versteckt haben, und das Gefühl kennen mit Tränen in den Augen zu lachen.

Aber warum machen wir das? Was veranlasst uns, unsere positive und glückliche Ausstrahlung selbst dann noch aufrecht zu erhalten, wenn wir eigentlich kurz davor sind zu verzweifeln?

In vielen Fällen ist diese Reaktion eine Art Selbstschutz des Körpers, der unsere Seele vor weiteren Verletzungen bewahren soll. Es ist die Angst, dass ein anderer unsere Schwächen erkennen und ausnutzen könnte, die unser Lachen auch dann noch aufrecht erhält, wenn wir eigentlich gar nichts mehr zu lachen haben. In diesem Moment verstecken wir unsere Probleme und somit unsere Verletzbarkeit hinter Ironie, Sarkasmus und Galgenhumor. Diese Reaktion ist eine Mischung aus Resignation (eh alles scheiße – schlimmer kann es nicht werden) und einem letzten Kräftesammeln (es muss sich endlich etwas ändern! So kann es nicht weitergehen!).

Sowohl Lachen als auch Weinen sind spontane Gefühlsausbrüche, die aus unserem Inneren entspringen und somit nur bedingt kontrollierbar sind. Sie kommen aus unserem Herzen und sind ein Ventil, um übersprudelnde Emotionen nach außen zu tragen. Im Normalfall geht es uns nach solchen Gefühlsausbrüchen besser und die Welt ist wieder in Ordnung oder wir verspüren zumindest eine Verbesserung der Lage.

Widerfährt uns jedoch über einen gewissen Zeitraum Ungerechtigkeit, die Probleme häufen sich und wir stehen dem allem machtlos entgegen, dann kann unsere Psyche durcheinander kommen. Wir lachen, obwohl wir eigentlich weinen möchten. Unsere Psyche ist mit der Situation überfordert und weiß nicht, wie sie sich verhalten soll. Somit kann es zu diesen *unlogischen* Reaktionen kommen.

Für den Lachenden fühlt sich das Lachen meist alles andere als positiv an. In vielen Fällen wird es als sogar schmerzhaft empfunden. Doch so schmerzhaft und gekünstelt dieses glücklich sein scheint, es hat auch seine positiven Seiten. Es ist ein Zeichen dafür, dass unsere Psyche noch kämpft und wir noch nicht aufgegeben haben. Der Körper reagiert auf den Druck der Traurigkeit mit Gegendruck in dem er versucht fröhlich zu sein. Der Körper schreit sozusagen nach einer Veränderung. Ein Lächeln ist der Beweis dafür, dass der Kampf gegen die Frustration, Traurigkeit und Depression noch nicht verloren ist.

Also: Selbst wenn es sich schmerzhaft anfühlt mit Tränen in den Augen zu lachen, man kurz vorm Aufgeben und Verzweifeln ist, ist es schlussendlich trotzdem eine *gesunde* Reaktion unserer Psyche beziehungsweise unseres Körpers.

Tust du etwas Verbotenes, bist du schuldig. Egal, ob du einen Grund dafür hattest oder nicht.

Kannst du dich nicht EINMAL zusammenreißen und normal benehmen!

… wenigstens in der Öffentlichkeit oder wenn wir Besuch haben?

Eine Aussage, die vermutlich jeder Borderline-Betroffene schon mindestens einmal von einem Freund, seinem Partner, einem Bekannten, einem Angehörigen oder sonstigen Person aus seinem Umfeld zu hören bekommen hat.

Für Außenstehende scheint dieses *Zusammenreißen* und *normal Benehmen* eine einfache Aufgabe zu sein, die keine allzu große Herausforderung darstellen dürfte. Schließlich muss der Betroffene nichts Geringeres tun, als so zu sein und sich so zu verhalten wie alle anderen Menschen auch. Das kann doch nicht allzu schwer sein! Oder?

Doch das ist es. Als Borderline-Betroffener kann man sich nicht einfach mal zusammenreißen und das brave, gut erzogene Hündchen spielen. Das geht nicht! Das wäre dasselbe, wie wenn man einen Tiger zum Vegetarier umerziehen würde. Also eine unmögliche Aufgabe! Man kann den Charakter und die Persönlichkeit eines Menschen nicht für ein paar Stunden oder einen Tag ändern und unerwünschte Verhaltensweisen abstellen. Kein Mensch, und auch kein Borderline-Betroffener, besitzt einen Schalter am Rücken oder in seinem Kopf, an dem man unerwünschte Gedanken, Handlungsweisen und Reaktionen beliebig an- und abschalten kann. Das geht (leider) nicht! Deshalb ist die einzige Möglichkeit sein Gegenüber so zu akzeptieren wie es ist. Mit allen Ecken, Kanten und Macken. Denn Verstellen funktioniert nicht! Zumindest nicht auf Dauer.

Außerdem bringt es nichts – wirklich rein gar nichts – wenn der Betroffene sich in der Öffentlichkeit oder wenn Besuch da ist, wie ein gut erzogener, artiger Hund benimmt und anschließend, wenn er wieder alleine ist, die Sau rauslässt und alles rauslässt, was sich zuvor aufgestaut hat. Damit ist niemandem geholfen.

Wenn man als Außenstehender das Verhalten eines Borderline-Betroffenen verändern möchte, dann dauerhaft und ohne Druck. Eine langsame, dauerhafte Veränderung ist nämlich deutlich besser als eine kurze mit heftigem Rückschlag oder gar keine.

Wichtig: Um das Verhalten, die Gedanken und Reaktionen eines Betroffenen zu ändern, bedarf es immer der Mithilfe des Betroffenen!

Ergänzung: Trotzdem ist Borderline keine Entschuldigung für alles. Die Diagnose Borderline ist kein Freifahrtschein, der den Betroffenen dazu berechtigt alles zu tun oder zu lassen, worauf er/sie gerade Lust hat. Auch Borderline-Betroffene müssen sich an Regeln halten und dürfen sich nicht benehmen wie die Axt im Walde!

Erfahrungen sammeln tut weh. Der Schmerz hinterlässt Spuren, aber man lernt. Jeder Misserfolg bringt einen voran, jeder Tiefschlag macht stärker.

Gefangen in einer Sackgasse

Vermutlich war jeder schon mindestens einmal an dem Punkt gewesen, an dem er das Gefühl hatte, nicht weiterzukommen. Egal was man macht oder auch nicht macht, man dreht sich nur im Kreis. Es ist, als ob eine unendlich hohe und kilometerlange Mauer den Weg versperrt und das Weiterkommen unmöglich macht. Man kann weder über sie herüberklettern noch um sie herumlaufen. Der Weg, auf dem man sich befindet, scheint eine Sackgasse zu sein.

Man steht vor einem riesen Problem, das sich wie eine unüberwindbare Mauer auftürmt an der es kein Vorbeikommen gibt.

Eigentlich will man seinen Weg weiter fortsetzen,

aber da ist dieses Problem in Form einer Mauer, die einen ausbremst und daran hindert. Klar, dass man da schnell mal frustriert und wütend wird. Nicht selten versucht man, mit den Fäusten oder gar dem eigenen Kopf die Wand einzuschlagen. Bei einer Wand aus Pappe oder einer dünnen Holzwand mag das vielleicht funktionieren – wer allerdings schon einmal mit seinen Fäusten gegen eine massive Steinwand geschlagen hat, der weiß, dass das eher schmerzhaft endet.

Nach der Phase der Wut beginnt meist die Verzweiflung und das Selbstmitleid. Man lässt sich frustriert auf den Boden fallen und denkt: *Das schaffe ich nie!*, *Immer passiert mir so ein Blödsinn!*, *Andere Menschen haben es viel leichter im Leben!*, *Ich werde nie mein Ziel erreichen!* und was einem sonst noch für Gedanken einfallen.

Ich will nicht leugnen, dass diese Gedanken falsch sind. Es kann sein, dass es einige Menschen leichter im Leben haben, dass andere weniger Probleme haben und so weiter. Aber was bringt es mir, wenn ich mich vor der Mauer meiner Probleme hinsetze und verzweifle oder mich selbst bemitleide? Rein gar nichts! Davon verschwindet die Mauer nicht. Ich muss eine andere Lösung finden, wie ich meinen Weg weiter fortsetzen kann.

Manchmal hilft es in solchen Situationen ein paar Schritte zurückzugehen und sich das Problem aus der Entfernung anzuschauen. Vielleicht ist die Mauer doch nicht so hoch oder lang wie man anfangs gedacht hat und es gibt doch eine Möglichkeit, irgendwie daran vorbei oder hinüber zu kommen. Eventuell helfen einem auch Freunde dabei.

Ist das nicht der Fall, bleiben noch zwei weitere Möglichkeiten: Eine Option ist es, nicht die Mauer als Ganzes zu betrachten, sondern jeden einzelnen Stein für sich. Oft besteht sie nicht aus einem einzigen Riesenproblem, sondern aus vielen kleineren Einzelnen, die sich zu einem gigantischen Problem zusammengebunden haben. Ziel ist es dementsprechend nicht, die gesamte Mauer auf einmal aus dem Weg zu räumen, sondern jeden Stein gesondert. Die Mauer Stein für Stein abzutragen dauert zwar oft länger, führt jedoch effektiver zum Ziel, als wenn man ohne Plan darauf einschlägt.

Ein einzelner Stein ist leichter aus dem Weg zu räumen als gleich die gesamte Mauer auf einmal.

Falls dieser Versuch ebenfalls scheitert, wäre die letzte Variante ein Stück des bereits gegangenen Weges zurückzugehen um einen Umweg um die Mauer, um das Problem, herum zu nehmen.

Vielleicht ist man an einer Weggabelung falsch abgebogen und somit in die Sackgasse geraten. Geht man nun ein Stück des Weges zurück und schlägt einen anderen Weg ein, ist das zwar ein zeitaufwendiger Umweg, allerdings kommt man dennoch schneller ans Ziel, als wenn man Stunden, Tage, Wochen oder Monate lang vor der Wand im Kreis läuft, verzweifelt oder sich selbst bemitleidet. Außerdem sind Umwege nicht immer schlecht, denn sie erhöhen bekanntlich die Ortskenntnis. Somit fällt es einem beim nächsten mal leichter, einen Weg aus einer Sackgasse herauszufinden.

Ich bin nicht poetisch. Ich bin einfach nur ehrlich.

Unsichtbare Selbstverletzungen
Ja, du liest richtig, so etwas gibt es! Und damit meine ich nicht, dass Betroffene ihre Wunden oder Narben unter Kleidung oder Schminke verstecken, sondern *Wunden*, die man mit dem bloßen Auge nicht sehen kann. Denn es muss nicht immer eine Schwellung, eine Blutung oder ein blauer Fleck sichtbar sein, wenn ein Mensch verletzt ist. Wenn die Seele eines Menschen verletzt ist, sieht man nämlich außen am Körper nichts, aber dennoch tut es der betroffenen Person mindestens genauso

(meistens sogar noch stärker) weh als eine körperliche Verletzung.

Zu solchen *unsichtbaren* Selbstverletzungen zählt es zum Beispiel sich in Gedanken nieder zu machen oder sich selbst einzureden, dass man etwas nicht kann oder ein schlechter Mensch ist.

Das Gefühl, das die Betroffenen in diesem Moment verspüren, kommt ungefähr dem eines persönlichen Angriffes von außen gleich. Jedoch wird der Person nicht von außen eingeredet, dass sie unfähig ist, sondern sie tut es selbst.

Desweiteren zählt es als Selbstverletzung, wenn man sich natürliche Bedürfnisse nicht erfüllt beziehungsweise verwehrt. Wenn man sich zum Beispiel den Schlaf entzieht, kein Essen gönnt, gewollt zu wenig trinkt oder Sport bis zur völligen Erschöpfung treibt. Aber auch wenn man zu hohe Ansprüche an sich hat, nie mit sich zufrieden ist und immer perfekt sein will, ist das eine Form sich auf Dauer zu schaden.

Andere Betroffene verbieten sich genau das, wonach sie sich sehnen. Zum Beispiel würden sie gerade nichts lieber tun, als ihren Freund in den Arm zu nehmen und zu kuscheln, aber genau das gönnen sie sich nicht, weil sie zum Beispiel denken sie sind nicht gut genug. Oder sie sagen eine Verabredung mit Freunden ab, auf die sie sich die gesamte Woche über gefreut haben, weil sie plötzlich von starken Selbstzweifeln geplagt werden. Oder, ebenfalls eine sehr häufige Form, ist es sich mit Worten und Taten alles kaputt zu machen, was man sich zuvor mühevoll aufgebaut hat. Wie ein *Besessener* scheint der Borderline-Betroffene kurz vor seinem Ziel die Kontrolle über sich und sein Handeln zu verlieren und mit einem Vorschlaghammer alles kurz und klein zu schlagen, bis nichts mehr, außer Trümmern, übrig ist. (Bildlich gesehen). Und das Beste: Anschließend setzt er sich mitten in diesen Trümmerhaufen hinein und weint!

Für Außenstehende muss dieses Szenario vollkommen bescheuert und unerklärlich wirken. Aber ich kann alle Angehörigen und Außenstehenden beruhigen: Das tut es für uns Betroffene meistens auch! Wir verstehen oftmals genauso wenig wie ihr, wieso wir wieder mit Gewalt alles kaputt machen mussten.

Wenn dein Erzfeind auf der Brücke steht ... lässt du ihn springen? Oder überredest du ihn dazu, die Brücke zu verlassen?

Stumme Schreie

Lautlos dringt ihr Hilfeschrei durch die Stille. Niemand hört ihn. Niemand sieht, was ihr angetan wird. Niemand versteht, dass ihr Schweigen der lauteste Hilfeschrei ist, zu dem sie fähig ist.

Sie will schreien, will, dass endlich jemand bemerkt, was ihr jede Nacht angetan wird, doch sie bleibt stumm. Aus ihrem Mund kommt kein einziges Wort, denn die Angst lässt ihre Stimme versagen.

Jeder hört ihr lautes Lachen, aber niemand bemerkt, dass es nur gespielt ist. Lautlos dringt ihr Hilfeschrei in die Welt.

Das Leben hat mir oft genug eine Zwangsjacke angelegt. Jetzt ist es an der Zeit auszubrechen!

Das Monster im Spiegel

Angst. Sie rauscht durch meine Adern. Das Adrenalin schießt durchs Blut. Ich schaffe es nicht, einen klaren Gedanken zu fassen.

Das Monster steht vor mir. Mit seiner hässlichen Fratze starrt es mich an. Seine Augen sind groß. Ich sehe in ihnen das blanke Entsetzen.

Die Haut ist leichenblass. Die einzige Farbe beinhalten die dunkellila Ringe unter den Augen.

Mein Körper zittert wie Espenlaub. Es ist nicht das erste Mal, dass ich dem Monster begegne. Ich sehe es öfters. Wie aus dem nichts heraus taucht es auf und jagt mich in die Flucht.

Obwohl in meinem Innern sämtliche Alarmglocken läuten, will ich heute nicht weglaufen. Heute darf nicht meine Angst siegen, sondern heute will ich mutig sein. Ich möchte derjenige sein, der dem Monster Angst einjagt.

Ich atme tief durch, hebe meine rechte Hand und schlage zu.

Ich fühle mich stark. Zumindest für einen kurzen Moment. Dann begreife jedoch, dass meine Schläge nicht das Monster, sondern lediglich die kalte Scheibe eines Spiegels treffen ... Ich habe Angst vor mir selbst.

Eines der fiesesten Dinge, die uns das Leben antun kann, ist uns unsere Träume zu nehmen.

Der alte Soldat

Ich stehe unter der Dusche. Vergeblich versuche ich mir den Schmutz von der Haut zu waschen.

Glasklar verschwindet das Wasser im Abfluss. Der Dreck klebt förmlich auf meiner Haut – oder ist er sogar schon unter der Haut?

Jahrelang dasselbe Ritual.

Das Wasser ist eiskalt. Eine Gänsehaut breitet sich über meinen vernarbten Körper aus. Über Narben, die nur ich sehe … Bilder laufen vor meinem geistigen Auge ab. Ich sehe SIE, wie sie vor mir stehen.

Blitzartig drehe ich das Wasser auf ganz heiß. Dort wo es über meine Haut läuft, bilden sich nun rote Streifen. Das Wasser dampft vor Hitze, doch ich spüre nichts. Ich bin weiterhin wie in Trance.

Die Bilder und der Schmutz wollen einfach nicht verschwinden.

Ich bin wie gelähmt vor Angst. Es ist wie damals, alles wirkt real.

Wild versuche ich, das Blut von meiner Haut zu rubbeln. Das Blut, das nur ich sehen kann …

Mein Herz pocht. Und dann … ein Schrei! »OOOOOOpaaaaaaaaaaa!«, ruft meine Enkelin und klopft dabei lautstark an die Tür.

»Opa? Bist du etwas schon wieder unter der Dusche eingeschlafen?«

Mit energischen Schlägen gegen das Holz will sie mich wecken.

Was sie allerdings nicht weiß: Ich habe gar nicht geschlafen, sondern ich habe mich selbst in alten Erinnerungen verloren. In Erinnerungen, die ich nicht abwaschen kann, in Bildern, die mich immer wieder heimsuchen, in Gedanken an den Krieg, die vielen Toten, die tausend Verwundete. Doch weil ich damals wie heute ein *starker Mann* bin, werde ich nie darüber reden.

Wenn du denkst, es geht nicht weiter, aber dann geht irgendwo eine Tür auf ... Das nennt sich Leben!

Der Clown

Der Vorhang geht auf und der Clown betritt die Manege. Er wirkt glücklich und bringt alle Zuschauer zum Lachen. Egal ob Groß oder Klein, alle sind von ihm begeistert.

Er trägt eine zu weite, karierte Hose, ein weißes Hemd mit roten Punkten und viel zu große schwarze Schuhe. In seinem Gesicht hat er ein breites Grinsen und eine rote Nase, doch das Auffälligste an ihm sind seine hellorangen Haare. Sie leuchten förmlich und sind sein ganzer Stolz.

Seine Augen funkeln vor Freude.

Dann ist die Show zu Ende und der Clown verschwindet von der Bühne. Kaum hat sich der Vorhang zugezogen, verschwinden sein Lachen und das Funkeln aus seinen Augen. Er ist traurig. Seufzend setzt er sich auf den Stuhl vor dem Schminktisch und blickt in den Spiegel. Er sieht so toll aus mit den Haaren auf dem Kopf. Wie gerne hätte er auch solche Haare.

Er seufzt erneut, dann setzte er seine Perücke ab und zum Vorschein kommt eine Glatze. Kein einziges Haar wächst auf seinem Kopf. Das macht den Clown sehr traurig. Er ist nämlich krank.

Während der Show muss er glücklich sein und alle zum Lachen bringen, doch nach dem Auftritt verschwindet mit seinen Haaren auch seine Fröhlichkeit. Vor dem Publikum spielt er ein perfektes Spiel.

Ich brauche kein Mitleid und mich muss auch niemand heile machen, das bekomme ich selbst hin. Nicht mehr kaputt machen reicht völlig aus.

6. Borderline und Freundschaft

Für uns Borderliner ist es meist unvorstellbar, aber ja, es gibt Menschen, die uns trotz unseres Verhaltens lieben; die sich ein Leben ohne uns nicht vorstellen können und wollen. Sie akzeptieren uns so, wie wir sind. Sie stehen mit uns alle Höhen und Tiefen durch, lieben uns auch dann, wenn wir es selbst nicht können, helfen uns aufzustehen, wenn wir am Boden liegen, geben uns Kraft, haben immer ein offenes Ohr für uns und überstehen Stimmungsschwankungen und Zornausbrüche. Kurz gesagt: Sie machen fast alles für uns.

Das sind echte Freunde!

Doch was passiert uns Borderlinern nur zu gerne?

Wir können nicht glauben, dass diese Person uns wirklich liebt und nicht enttäuschen und somit verletzen will. Wir stoßen sie von uns weg, weil wir ihre Nähe nicht ertragen können und lassen nicht selten sogar unsere Wutausbrüche an ihnen aus.

Natürlich entschuldigt diese Erklärung das Verhalten nicht, aber eigentlich ist es von unserer

Seite nicht böse gemeint, sondern lediglich ein Austesten, ob diese Person uns *richtig* liebt und so akzeptiert, wie wir sind oder ob sie gleich die Flucht ergreift. Dieses Verhalten wird nicht bewusst angewandt. Es ist für uns nur sehr schwer (meist sogar unmöglich) darauf einzuwirken.

Richtig genommen heißt es nicht: »Du Arschloch verpiss dich!« Sondern: »Ich finde, du bist so ein liebenswertes Arschloch, dass ich es großartig finden würde, wenn wir uns nie wieder sehen würden.«
    Schließlich muss man immer freundlich bleiben!

Ich kann mir vorstellen, dass man sich als Angehöriger oder Freund in vielen Situationen ziemlich hilflos fühlt, da man doch alles tut, um den anderen *glücklich* zu machen. Doch vielleicht liegt gerade da der Fehler? Eventuell nimmt man zu viel Rücksicht auf die Diagnose?

In manchen Phasen ist es unmöglich, die Symptome auszublenden. Man kann die borderline-typischen Verhaltensweisen nicht übersehen oder ignorieren. Trotzdem sollte Borderline nie den gesamten Tag über im Mittelpunkt stehen.

Ja, die Diagnose ist ein Teil des Lebens, sie gehört dazu, allerdings entspricht sie nicht dem kompletten Leben. Es gibt noch viele andere Dinge, außer der Diagnose, die den Menschen und dessen Leben ausmachen.

Auch wenn es schwerfällt, sollte man sich hin und wieder lieber auf die gesunden Teile fokussieren und weniger auf die kranken Anteile.

Manchmal komme ich mir verrückt vor. Doch dann denke ich an all die Attentäter, Schwerverbrecher, Mörder und Vergewaltiger auf dieser Welt und dann komme ich mir eigentlich relativ ‚normal' vor. Und wenn ich noch weiter darüber nachdenke, dann muss ich feststellen, dass ich tatsächlich eine der wenigen ‚normalen' Menschen in einer Welt voller verrückter und durchgeknallter Spinner bin ...

Relativ oft werde ich von Nicht-Betroffenen gefragt: »Wie fühlt es sich eigentlich an mit Borderline zu leben?«

Anfangs hatte ich auf diese, in meinen Augen, durchaus merkwürdige Frage keine Antwort, denn wie soll ich etwas beschreiben, was man gar nicht beschreiben kann?

Aber inzwischen antworte ich einfach mit einer Gegenfrage: »Wie fühlt es sich an ‚normal' zu sein?«

Bei dieser Frage schauen mich die meisten Leute zwar erst einmal vollkommen verwirrt an, aber dadurch merken sie, wie unbeantwortbar ihre Frage ist. Denn wenn man mit etwas aufwächst und es gar nicht anders kennt, akzeptiert man das *Anderssein* und sieht es als *normal* an.

Ich will mich nicht verstecken ... nur weil ich anders bin.

Borderline und Partnerschaft

In den Arm genommen – jedoch nicht angefasst werden; die am meisten geliebte Person von sich wegstoßen, beleidigen und verfluchen, obwohl man sie eigentlich über alles liebt; jemanden sagen wie sehr man ihn hasst und anschreien, dass er endlich verschwinden (und nie wieder kommen) soll, aber gleichzeitig hoffen, dass das Gegenüber bleibt und einen eventuell sogar in den Arm nimmt ...

Die Gefühlswelt eines Borderline-Betroffenen muss für Nicht-Betroffene ein unverständliches Chaos darstellen, das aus Extremen besteht und von Widersprüchen und Gegensätzen durchzogen ist. Nichts davon scheint einen Sinn zu ergeben, die Forderungen sind unerfüllbar und egal, was man sagt beziehungsweise nicht-sagt oder wie man sich verhält, alles scheint auf irgendeine Weise immer *falsch* zu sein. Deshalb dürften Freunde/ Bekannte/ Angehörige und vor allem Partner von Betroffenen nicht selten das Gefühl haben vor einer unlösbaren Aufgabe zu stehen.

Ich kann mir gut vorstellen, dass man sich als Nicht-Betroffener häufig die Frage stellt, ob die Diagnose Borderline und eine Beziehung überhaupt zusammen passen kann oder ob Borderline-Betroffene aufgrund ihrer Diagnose vollkommen beziehungsunfähig sind.

Die Frage ob Borderline-Betroffene eine Beziehung führen können oder nicht lässt sich meiner Meinung nach nicht pauschal beantworten. Ich würde nie behaupten, dass alle Betroffenen beziehungsunfähig sind, aber genauso wenig würde ich behaupten, dass jeder Borderliner dazu in der Lage ist, eine harmonische Partnerschaft zu führen. Ich denke, es kommt immer auf mehrere Faktoren an. Wenn der Betroffene gelernt hat mit seinen Gedanken und Gefühlen umzugehen, innerlich dazu bereit ist sich auf eine Beziehung / Partnerschaft einzulassen, Gefühle zuzulassen, zu akzeptieren, dass ein anderer ihn so mag, wie er ist – einschließlich seiner Ecken und Kanten – , dann kann ein Mensch mit der Diagnose Borderline genauso eine Beziehung führen wie jeder andere Mensch auf dieser Erde auch.

Es gibt eine Menge Betroffene, die bereits jahrelang in einer festen Beziehung leben, eventuell verheiratet sind und vielleicht sogar gemeinsame Kinder haben. Und das alles, ohne dass tagtäglich die Fetzen fliegen, die Polizei vor der Tür steht, weil die Nachbarn Anzeige wegen Ruhestörung erstattet haben, das Jugendamt sich gezwungen sieht, die Kinder aus der Familie zu nehmen, der Borderliner eine Affäre nach der anderen hat und häufiger mit einem / einer fremden Partner/in im Bett ist als mit seinem / seiner eigentlichen Lebensgefährten / Lebensgefährtin.

Aber natürlich gibt es auch die Art von Betroffenen, die genau das nicht schaffen. Die eifersüchtig sind, ihre/n Partner/in beschimpfen, anschreien, ausnutzen, fremdgehen, aggressiv werden, eine sogenannte *on-off Beziehung* führen etc. und dadurch eine Beziehung zerstören beziehungsweise unmöglich machen. Doch meiner Meinung nach gibt es auf unserer Welt einige Menschen die – aus welchen Gründen auch immer – nicht dazu in der Lage sind eine glückliche und harmonische Partnerschaft zu führen und somit als *beziehungsunfähig* gelten UND nicht alle von ihnen haben die Diagnose Borderline.

Borderline ist somit lediglich ein Grund von vielen, der dazu führen kann, dass eine Beziehung scheitert oder erst gar nicht zu Stande kommen kann. Die Diagnose bedeutet dementsprechend nicht zwangsläufig, dass jeder Betroffene vollkommen beziehungsunfähig ist.

Allerdings wird mir der größte Teil der Menschen, die mit einem Borderline-Betroffenen zusammen leben, eine Beziehung führen oder befreundet sind Recht geben, wenn ich sage, dass das Leben mit einem Borderliner eine abenteuerliche Achterbahnfahrt der Gefühle ist.

Man weiß nie was als Nächstes passiert, ob man in den Arm genommen oder angeschrien wird; ob im kommenden Moment die Liebe in Verachtung umschlägt oder ob plötzlich ohne ersichtlichen Grund ein *Vorschlaghammer* ausgepackt und alles, was zuvor mühevoll aufgebaut wurde, mit einem Schlag (mal wieder ...) dem Erdboden gleich gemacht wird. Es ist eine tägliche Achterbahnfahrt voller Höhen, Tiefen und ab und zu auch Loopings. Oftmals hat man das Gefühl mit einem Borderline-Betroffenen mehr an einem einzigen Tag zu erleben als so manche Paare in ihrer gesamten Beziehung. Das klingt nicht nur anstrengend, sondern ist es auch. Für beide Seiten!

Doch eine Tablette, Spritze, Wunderheilmittel oder Ähnliches, das die chaotische Gedanken- und Gefühlswelt des Borderliners abstellt und dadurch sein verwirrendes oft auch paradox wirkendes Verhalten beseitigt, gibt es nicht. Deshalb heißt es, das Beste aus der Situation zu machen.

Man kann einen anderen Menschen nicht ändern, aber in vielen Situationen hilft es, wenn man ihn einfach akzeptiert, wie er ist.

Wie erkläre ich meinem Partner, dass ich nicht ‚normal' bin?

Jeder Mensch ist ein Individuum und somit anders als alle anderen. Jeder Mensch ist einmalig und somit auch etwas Besonderes. Doch was mache ich, wenn ich ganz anders als alle anderen bin? Wenn sich meine Denkweise komplett von der Denkweise der restlichen Menschheit unterscheidet? Wenn ich meine Gefühle anders, viel extremer, wahrnehme, ständig aus der Reihe falle und einfach nicht *normal* bin? Wenn ich die Diagnose Borderline habe? Wie erkläre ich das am besten jemanden, der keine Ahnung hat, was Borderline überhaupt ist?

Ganz einfach: Erst einmal verfällt man nicht in Panik oder Hysterie, sondern bleibt ruhig. Schließlich ist man kein Monster, Schwerverbrecher,

Serienkiller auf der Flucht oder hat ein sonstiges *gefährliches* Geheimnis, sondern man hat lediglich die Diagnose Borderline.

Außerdem solltest du dir zu jeder Zeit darüber bewusst sein, dass du dich für deine Diagnose weder entschuldigen noch rechtfertigen musst. Du bist wie du bist und du bist dadurch kein schlechterer Mensch oder weniger wert als die anderen Menschen. Egal was dir deine Umwelt versucht einzureden: Du bist und du bleibst du, du verbiegst dich nicht für andere, nimmst keine Rolle ein, sondern bist einfach du selbst! Dein Gegenüber hat dich als Mensch kennengelernt und du, beziehungsweise deine Persönlichkeit, verändert sich nicht dadurch, dass du deinem Freund/ Partner gestehst, dass du die Diagnose Borderline hast! Wenn dein Freund/ Partner dich wirklich liebt, dann ändert das Aussprechen der Diagnose daran rein gar nichts.

Als nächsten Schritt solltest du nicht direkt mit der gesamten Tür ins Haus fallen und deinem Gegenüber alles aufzählen, was du nicht kannst, welche Probleme/ Macken du hast und was alles mit dir nicht stimmt. Denn das würde ihn erstens nur unnötig schockieren und abschrecken, zweitens ein falsches, negatives Bild von dir vermitteln und drittens wird er das vermutlich noch früh genug bemerken.

Außerdem musst du dich, wie bereits erwähnt, für deine Diagnose weder rechtfertigen noch entschuldigen.

Anstatt ihm all deine Probleme und Macken aufzuzählen, probiere ihm in einen ruhigen, sachlichen Ton zu erklären, dass du in deinem Leben schon einiges erlebt hast, was andere Menschen nicht unbedingt erleben. Du hast vieles gesehen, miterlebt oder bist sogar an Sachen beteiligt gewesen, die schrecklich für dich und deinen Körper waren. Die Bilder von dieser Situation haben sich in deinem Gedächtnis wie eingebrannt und haben zu einer traumatischen Reaktion in deinem Körper geführt. Diese Erinnerungen haben dein Leben verändert und dein Verhalten nachhaltig geprägt.

Soweit dürfte es jeder Nicht-Betroffene verstehen. Falls du dir unsicher bist, ob du deinem Gegenüber erzählen möchtest, was genau passiert ist, oder dich dagegen entscheidest, würde ich es vorerst lassen. Ich persönlich erzähle zum Beispiel kaum jemanden, was mir alles passiert ist. Nur meine engsten Vertrauten wissen, was ich erlebt habe. Ich glaube, ich würde auch nicht unbedingt alles am selben Tag erzählen, denn ich vermute, das würde einige Menschen ziemlich schockieren und abschrecken. Deshalb ist es meiner Meinung nach besser auf dieses Thema, zumindest vorerst, nicht allzu intensiv einzugehen.

Als dritten Schritt würde ich meinem Gegenüber versuchen zu erklären, dass ich in manchen Situationen *anders* – für ihn ungewohnt – reagiere. Aber dass mein Verhalten/ Reaktionen nicht daran liegen, dass ich verrückt bin, ihm eines auswischen will oder gerade mal Lust habe so richtig die Sau raus zu lassen. Sondern dass es daran liegt, dass ich meine Gefühle um ein vielfaches stärker wahrnehme als normale Menschen. Ich bin nicht einfach nur glücklich, sondern überglücklich und nicht nur etwas traurig, sondern sofort am Boden zerstört. Deshalb bin ich auch nicht nur etwas wütend, sondern tobe gleich vor Wut. Diesen extremen Gefühlen soll er sich bewusst sein, wenn du einmal in seinen Augen überreagierst. Er soll einfach daran denken wie er sich in der Situation fühlen würde und sich dann dieses Gefühl um ein vielfaches stärker vorstellen. Dann weiß er ungefähr, wie du dich fühlst.

Desweiteren finde ich es eine schlaue Idee, deinem Partner eine kleine *Gebrauchsanweisung* für den Umgang mit dir zu geben. Jeder Mensch, und auch jeder Borderline-Betroffene, ist auf seine Art etwas

Besonderes. Es gibt keine Patentlösung wie man mit einem Betroffenen umgeht und da unsere Gegenüber in den seltensten Fällen Gedanken lesen können, ist es wichtig, ihnen mitzuteilen, was man gerne möchte und was einem guttut. Da ist ein kleines Handbuch eine geniale Lösung. In dieses Handbuch kannst du alles hineinschreiben, was dir wichtig ist, was dir hilft, wie er sich bei Wutausbrüchen am besten Verhalten soll, damit die Situation nicht eskaliert, was bei Selbstverletzung zu tun ist, welche Skills dir helfen etc.. Dieses kleine Büchlein ist sozusagen eine Hilfestellung für deinen Partner im Umgang mit dir bei stressigen und für ihn ungewohnten Situationen.

Zusätzlich finde ich es in jeder Beziehung wichtig, dass man im Gespräch miteinander bleibt. Es hilft nichts wenn du und dein Partner Probleme, Ängste, Sorgen und Bedenken totschweigen und nicht darüber reden. Durch Schweigen hat sich noch kein Problem von alleine gelöst, durch Reden schon!

Deshalb solltet ihr regelmäßig miteinander Gespräche führen und auch über eure Ängste Sorgen und ganz wichtig: Gefühle, reden.

Eventuell ist es manchmal auch ratsam miteinander Regeln aufzustellen und Rituale ein-zuführen. Zum Beispiel könnte eine Regel sein, dass dein Partner wenn du einen extremen Wutausbruch hast, einfach einen kurzen Augenblick den Raum verlässt um die Situation zu deeskalieren, keiner dem anderen die Schuld für sein eigenes Fehlverhalten gibt oder den anderen auf irgendeine Weise erpresst oder unter Druck setzt.

Weitere hilfreiche Tipps, die du deinem Freund/ Partner geben kannst, sind, dass er sich über Borderline informiert (es gibt zahlreiche Bücher und Internetseiten, die sich mit dem Thema beschäftigen), dass er nicht alles glauben soll, was er liest (es wird eine Menge Unsinn über die Diagnose verbreitet) und dass du nicht Frau oder Herr Borderline bist, sondern in erster Linie immer noch du selbst. Du hast zwar Borderline, aber bist es nicht. Außerdem bist du nicht krank, sondern einfach nur anders. Du möchtest nicht wie ein Todkranker behandelt werden, sondern weiterhin wie ein normaler Mensch.

Ich stelle mich einfach gegen den Wind. Egal was passiert, ich kämpfe immer weiter. Schritt für Schritt kämpfe ich mich in eine bessere Welt. Egal, wie oft mich Menschen zu Fall bringen, wer mich alles scheitern sehen will oder wer mir Steine in den Weg legt, ich gebe nicht auf! Ich stelle mich gegen den Wind.

Die zwei Ansichten in mir

Ich fühle mich innerlich gespalten: Ein Teil in mir, ein großer Teil, ja, ich würde sogar sagen: der größte Teil in mir, will gesund werden. Ein normales Leben führen. Nicht an Kalorien, Essen oder Selbstverletzung denken, sondern einfach nur leben.

Ich würde zu gern durch die Straßen gehen, an einem Restaurant stehen bleiben, die Speisekarte durchlesen und das bestellen, worauf ich gerade Appetit habe, ohne an Fett und Kalorien zu denken. Oder morgens aufstehen, ein Toastbrot schön dick mit Nutella beschmieren und ohne schlechtes Gewissen oder später wieder auszukotzen, genießen ...

Aber leider ist da auch noch dieser andere Teil in mir, der sehr, sehr stark ist und bei jeder Mahlzeit mit mir kämpft, der mir Energie raubt, sodass ich zum Teil keine Kraft mehr habe gegen ihn anzukämpfen und mich ihm ergebe. Er sagt mir, ich sei hässlich und fett und wenn ich etwas esse, würde ich ganz schnell ganz viel zunehmen und die Kontrolle über meinen Körper verlieren. Und das ist meine größte Angst. Keine Kontrolle mehr über den eigenen Körper zu haben .

In den Spiegel zu blicken ist schrecklich für mich. Ich schaue hinein und sehe eine Leiche. Ein blasses, eingefallenes Gesicht, total kaputte Haare, das Schlüsselbein und die Schulterknochen ragen weit und spitz hervor. Der Blick ist traurig und leer. Man kann jede einzelne Rippe sehen. Die Beckenknochen zeichnen sich unter der Haut ab. Die Beine sehen aus wie die eines Storches und wenn man die Arme ansieht, hat man Angst, dass sie zerbrechen, wenn man sie zu feste anfasst. Außerdem sind beide Hände und Arme bis zu den Schultern und beide Beine von den Knöcheln bis zu den Oberschenkeln mit Narben, die von Schnittwunden stammen, übersät. Es gibt kaum noch freie Haut.

Ich drehe mich um und schaue nochmals in den Spiegel. Ich sehe ein übergewichtiges Mädchen. Ein komplett anderes Bild. Die Anorexie spielt mir einen Streich. Einen Streich, mit dem ich nicht zurecht komme. Wer bin ich? Im Grunde genommen weiß ich, dass ich das dünne Mädchen bin, aber ich habe Angst, wie das dicke Mädchen zu werden ...

Ich kämpfe und kämpfe jeden Tag. Doch ich kann nicht gewinnen und auch nicht verlieren, denn ich kämpfe gegen mich selbst.

Eigentlich belüge ich mich die gesamte Zeit über. Ich sage mir: »Ich kann jeder Zeit damit aufhören und wieder normal essen.«

Aber ich weiß genau, dass es nicht so ist.

Schwach? Was ist schwach? Ist es schwach aufzugeben und eine (Not)bremse zuziehen, wenn man weiß, dass man gerade in einem Zug sitzt, der mit Vollgas auf eine Wand zusteuert? Oder ist es schwach sich zu verstellen und nach außen hin eine künstliche Fassade aufrecht zu erhalten und zu tun, als ob man alles unter Kontrolle hätte?

Wenn man das Bild der heutigen Gesellschaft von einem idealen Bürger betrachtet fragt man sich, wie ein Mensch diesen gesamten Anforderungen dauerhaft standhalten soll, ohne gesundheitlichen Schaden davonzutragen. In jedem Lebensbereich wird zu jeder Zeit volle Leistung abverlangt. Gelingt es einem nicht, diesem Leistungspensum standzuhalten, gilt man als schwach, faul oder nicht intelligent genug.

Tagtäglich müssen wir hunderte von Aufgaben erfüllen und das möglichst ohne Fehler! Egal ob in Schule, Beruf oder Haushalt, die Ansprüche der Gesellschaft an jeden Einzelnen sind extrem hoch. Schwächen werden nicht gerne gesehen. Ausschließlich Leistung scheint zu zählen. Dadurch lastet auf vielen Menschen ein immens hoher Druck all diesen Anforderungen standzuhalten, denn kein Mensch steht gerne als Versager da.

Die Frage ist jedoch, was ist *schwach*? Ist es schwach Gefühle zu zeigen? Eine Aufgabe nicht lösen zu können? Probleme zu haben und diese auch zuzugeben? Oder sogar fremde Hilfe in Anspruch zu nehmen? – Nein, ich denke nicht.

Ich finde es schwach, wenn man genau das nicht tut! Wenn ich Gefühle zeige, dann bin ich ehrlich und nicht schwach. Gefühle zeigen bedeutet, dass mich etwas berührt und dass ich *lebe* und keine Maschine ohne irgendwelche Emotionen bin.

Außerdem verdeutlichen Gefühle die eigene Verletzbarkeit. Wenn jemand traurig ist oder gar weint, bietet er für sein Umfeld einen Angriffspunkt. Wer diesen Angriffspunkt ausnutzt oder sogar zusätzlich noch in der Wunde bohrt oder Salz hinein streut, der ist in meinen Augen wirklich schwach.

Wenn jemand nicht über seine Probleme redet, dann bedeutet das noch lange nicht, dass er keine hat. Jeder Mensch hat kleinere oder größere Probleme in seinem Leben. Schwach ist es, wenn man diese verleugnet und vor seinen Problemen wegläuft. Nur wer mutig ist und innere Stärke besitzt, stellt sich seinen Problemen, redet darüber und versucht diese zu lösen. Benötigt man dabei Unterstützung ist das keine Schande, sondern belegt lediglich, dass man den Willen hat das Problem zu beseitigen und

130

alleine nicht weiterkommt. Hilfe einfordern beweist um einiges mehr Größe als das Problem zu ignorieren, daran zu verzweifeln oder den Kopf in den Sand zu stecken und aufzugeben.

Ich denke, das Problem unserer heutigen Gesellschaft ist, dass Leistung einen extrem hohen Stellenwert hat. In Schule, Beruf und Familie wird viel von uns verlangt. Hinzu kommen meist noch unsere nicht selten genauso hohen Ansprüche an uns selbst. Wir wollen beziehungsweise müssen jeden Tag volle Leistung erbringen, doch das ist unmöglich. Wir sind Menschen und keine Maschinen. Für uns ist es nicht machbar jeden Tag zu jeder Minute 100 Prozent zu geben. Selbst eine Maschine würde unter dieser Dauerbelastung irgendwann streiken!

Schwächen sind also normale, menschliche Reaktionen, die jeder von uns besitzt. Wer zu seinen Schwächen steht, beweist echte Stärke. Er versteckt oder verstellt sich nicht vor seinen Mitmenschen, sondern ist ehrlich. Leider sehen das jedoch nicht alle Menschen.

Vieles was als schwach angesehen wird, zeugt eigentlich von wahrer Stärke. Vielleicht sollten wir unser Denken ändern und Schwächen nicht als negativ behaftete Reaktionen oder Eigenschaften ansehen, sondern als Beweis dafür, dass jemand lange versucht hat etwas zu schaffen und an einem Punkt angekommen ist, an dem er nicht weiter weiß oder aufgestaute Emotionen aus ihm herausbrechen. Man benötigt eine Auszeit oder Hilfe um seinen Weg, egal in welchem Lebensbereich, weiter fortsetzen zu können. Manchmal genügt hierfür eine kurze Pause um neue Kraft zu tanken und ein anderes mal wird Hilfe von Außen benötigt.

Diesen Menschen sollte mit Toleranz und Respekt begegnet werden, denn sie besitzen den Mut zu ihren *Schwächen* zu stehen, verstecken sie nicht und sind meist dazu bereit daran zu arbeiten. Damit sind sie einigen als *stark* angesehenen Personen voraus!

Nur jemand, der weiß, was Angst bedeutet, weiß auch, wie es sich anfühlt mutig zu sein.

Nur jemand, der schon einmal geweint hat, weiß, wie wertvoll ein Lachen ist.

Nur jemand, der schon einmal in einem See aus Tränen geschwommen ist, weiß die vielen kleinen, schönen Dinge im Leben zu schätzen.

Nur jemand, der schon einmal am Boden lag, weiß wie viel Mühe es kostet und wie anstrengend es ist wieder aufzustehen.

Abends

Mit angewinkelten Beinen sitzt sie auf dem Bett und weint. Ihr gesamter Körper zittert. Sie will die Bilder aus ihrem Kopf vergessen. Doch das geht nicht.

Ihre Arme und Beine sind stumme Zeugen ihrer Gefühle und Gedanken. Ihr Körper ist übersät von Narben. Jede Narbe ist eine Erinnerung und erzählt eine eigene Geschichte.

Sie hasst ihren Körper.

Sie verdeckt ihre Narben unter dicker Kleidung. Niemand soll mitbekommen, wie es ihr geht. Sie spielt ein perfektes Spiel. Fast niemand bemerkt, dass sie eine Maske trägt. Sie hat gelernt, mit Tränen in den Augen zu lachen, nur um anderen zu zeigen, dass sie *glücklich* ist. Aber jeden Abend kommt der Zusammenbruch und sie begreift, dass das alles nur eine einzige Lüge ist und sie greift erneut zu der Klinge …

Der schlimmste Schmerz ist der, den man versucht, mit anderem Schmerz zu betäuben.

Man kann nicht Hass mit noch mehr Hass bekämpfen oder Gewalt mit noch mehr Gewalt. Also wieso versuchen wir Schmerzen mit Schmerzen zu bekämpfen?

Gedankenchaos 2.0

Man verschickt eine Nachricht und bekommt keine Antwort, obwohl der Leser online war. Ein normaler Mensch denkt: »Hmm … der Leser hat wohl keine Zeit/ Lust zu antworten.«

Ich denke: »Was habe ich falsch gemacht? War meine Frage nicht eindeutig formuliert? Habe ich was Falsches geschrieben? Bin ich zu aufdringlich? Störe ich?....«, und suche die Schuld direkt bei mir.

Man steht vor einer Prüfung. Ein normaler Mensch denkt: »Mehr als durchfallen kann ich nicht!«

Ich denke: »Werde ich es schaffen? Wenn ich durchfalle, was passiert dann? Ich bin sowieso ein Versager. Ich habe gar keine Chance zu bestehen … Alle werden sich über mich lustig machen, wenn ich durchfalle.«

Dadurch, dass mir im Leben schon so oft gesagt wurde, dass ich unfähig sei, habe ich im Laufe der Zeit eine unwahrscheinliche Versagensangst entwickelt.

Man sitzt beim Frühstück und der Freund/ die Freundin fragt, was man zum Mittagessen essen will. Ein normaler Mensch antwortet nach spätestens zwei Minuten, was er essen will. Ich hingegen brauche mindestens eine halbe Stunde um eine mehrseitige Pro- und Contra-Liste in meinem Kopf zu erstellen, welches Essen jetzt das Beste wäre.

Wenn ich eine Entscheidung treffen soll, brauche ich unter Umständen länger als ein Abiturient für eine vollständige Kurvendiskussion.

Und dann bekommt man immer so tolle Aussagen wie: »Du denkst zu viel« oder »Du musst aufhören, dir den Kopf zu zerbrechen« zu hören. Diese Kommentare sind lieb gemeint, aber unmöglich umzusetzen. Ich weiß selbst, dass ich viel unnötig nachdenke, doch ich weiß nicht, wie das bei normalen Menschen ist – ich persönlich kann meine Gedanken nicht ausstellen. Wobei ... wenn ich mir so manche *normalen* Menschen anschaue ... O.k. Ich glaube die können ihr Denken abstellen! Fakt ist aber: Ich kann es nicht!

Borderline ... Die Welt geht unter, überall lodern Flammen und alle Menschen rennen panisch davon. Ich bleibe ruhig stehen, sehe die Lage sachlich, mache einen Lagebericht und löse das Problem in Ruhe. Aber wehe die Waschmaschine läuft aus! Dann renne ich mit erhobenen Armen schreiend im Kreis und stehe am Rande eines Nervenzusammenbruchs!

Wahrscheinlich versteht mich jetzt niemand und ganz ehrlich: Ich kann das sogar verstehen! Denn ich verstehe mich selbst nicht.

Sobald es heißt: »Du musst«, legt sich in meinem Kopf ein Schalter um und nichts geht mehr. Ich bin wie unfähig die mir gestellte Aufgabe zu bewältigen. Sobald ich »Du musst« höre, schießt mir direkt in den Kopf »Das geht nicht«, »Das kann ich nicht« und »Das schaffe ich nicht«.

Es ist noch nicht einmal so, dass ich nicht will, sondern es geht einfach nicht. Ich will es ja schaffen, ich will meinen Alltag bewältigen, ich will funktionieren! Aber dieses *muss* nimmt mir die Energie dazu. Und das Schlimme an der Sache ist, dass es noch nicht einmal ein *großes muss* sein muss. Also zum Beispiel eine 40 Stunden Arbeitswoche, sondern es fängt mit ganz kleinen Dingen an. Zum Beispiel eine Verabredung, ein Termin, ein Auftrag etc.. Wenn ich dorthin *MUSS* und die Sache erledigen *MUSS*, kostet mich das so massiv viel Energie, dass ich daran nicht selten verzweifle. Ich fühle mich dann plötzlich müde und erschöpft.

Ich weiß nicht warum, das ist ganz seltsam. Es ist, als ob meine Motivation dann winkend von mir wegrennt und mir sagt: »Und tschüss! Mach das

Mal alleine, ich gönne mir in der Zwischenzeit eine gemütliche Auszeit!«

Aber im Gegenzug dazu – jetzt kommt das Paradoxe! – wenn ich etwas mache, was ich *WILL* und wovon ich überzeugt bin, ist meine Motivation wie auf Droge und lässt mich jegliche Zeit und Anstrengung vergessen. Ich glaube, nein ich bin mir sicher!, irgendetwas in meinem Kopf ist eindeutig kaputt. Das ist doch nicht normal, oder?

Klar, ist man mehr motiviert etwas zu tun, worauf man Lust hat, anstatt sich selbst zu etwas zu zwingen. Aber es ist doch nicht normal, dass sich mein Körper so massiv gegen das *du musst* wehrt?

Das ist nicht übertrieben, aber ich kann es dann nicht. Es kostet mich jedes mal so viel Überwindung und Energie, dass ich nach einem *MUSS* total erschöpft bin. Gewiss spielt da auch meine Psyche mit ein, aber trotzdem! Irgendwie ist mein Computer da oben falsch programmiert! Es kann schließlich nicht angehen, dass mich ein *normaler* Alltag so viel Kraft kostet!

Liebes Leben, es gibt Menschen, die sind sensibler als der Rest, bitte mache sie nicht kaputt.

Es gibt Menschen, die sind zerbrechlich, bitte lasse sie nicht zu oft zu Boden fallen.

Es gibt Menschen, die haben keinen Halt, bitte nehme ihnen nicht ihre letzten Seile weg.

Es gibt Menschen, die haben einen schweren Rucksack zu tragen, bitte lege ihnen nicht noch zusätzliche Steine in den Weg.

Die besten ,Psychopharmaka' müssen nicht immer Tabletten sein

Bei schlechter Laune, depressiver Stimmung und Traurigkeit hilft es häufig raus an die frische Luft zu gehen, einen kleinen Spaziergang zu machen oder sein Haustier zu streicheln.

Wenn man sich einsam und verlassen fühlt oder das Gefühl hat, dass einem gerade der Boden unter den Füßen weggerissen wird, ist es eine Möglichkeit sich (so albern es auch klingt) ein Kuscheltier zu nehmen und dieses ganz feste an sich zu drücken.

Falls vorhanden, kann man auch eine Wärmflasche mit warmem Wasser füllen und sich an ihr *festhalten*.

Bei Wut und Ärger ist es ein guter Tipp, einen Knoten in ein Handtuch zu machen und damit seine

Couch zu *verprügeln* oder in den Wald zu fahren und Bäume anzuschreien.

Ja! Das hilft!

Wenn man das Gefühl hat, dass im Kopf 100.000 Gedanken herumkreisen und man keine Chance findet, diese zu ordnen, hilft es oftmals diese auf Papier zu schreiben. Denn alles, was man aufschreibt, wird verbildlicht und Bilder kann das Gehirn bekanntlich besser verarbeiten und begreifen als lediglich einzelne Gedankengänge.

Bei Entscheidungsschwierigkeiten ist es einen Versuch wert eine *Pro-Contra-List*e anzufertigen. So hat man die Möglichkeit alle *Für-Argumente* und alle *Gegen-Argumente* auf einem Papier zu sehen.

Bei Versagensängsten hilft es sich darauf zu besinnen, was man bis jetzt alles erreicht hat. Oder man überlegt sich, was schlimmstenfalls passieren könnte. Denn meistens sind die Ängste gefühlt schlimmer als das, was im Endeffekt passieren könnte.

Bei Schlafstörungen kann es helfen sich ein festes Abendritual zu schaffen. Zum Beispiel vor dem zu Bett gehen einen Tee zu trinken, einen Spaziergang zu machen, ein Buch zu lesen etc.

Bei hoher innerer Anspannung ist es wichtig, diese abzubauen. Mir persönlich gelingt das am besten mit Sport.

Bei starker inneren Unruhe hilft es entweder diese mit Bewegung abzubauen oder sich zur Ruhe zu zwingen, indem man sich beispielsweise massieren lässt, sich selbst eine Igelballmassage macht, ein heißes Bad nimmt etc..

Und wenn gar nichts hilft, dann gibt es immer noch die Option sich ins Bett zu verkriechen, die Decke über den Kopf zu ziehen, zu schlafen und zu hoffen, dass der morgige Tag besser wird als der heutige.

7. Kein Todesurteil

Auch wenn es nicht immer so wirkt: Ich weiß, was ich tue! Zumindest meistens!

Vielleicht mag ich auf dich wie eine Tagträumerin wirken, aber ich bekomme exakt mit, was dein Blick sagt, wenn ich mit dir rede. Und ja, ab und zu höre ich nicht zu, aber glaube mir: Ich lese trotzdem zwischen deinen Sätzen! Ich verstehe vielleicht nicht immer, was du mir sagst, aber ich verstehe, wie du es zu mir sagst.

Eventuell bin ich manchmal vergesslich. Ich vergesse, was ich in der Ausbildung gelernt habe oder wie es richtig geht. Aber ich vergesse nie, wie du mit mir umgehst oder wie du andere Menschen behandelst.

Auch hier gilt: Ich bekomme mehr mit als du denkst. Dadurch dass ich ständig meine Umgebung scanne, bekomme ich genau mit, wie du anderen Hilfe anbietest, wie dein Blick kurz in Überforderung umschwenkt, wenn alle gleichzeitig

141

etwas von dir wollen und wie du dich freust, wenn du anschließend alles abgearbeitet hast.

Ich weiß nicht, was du über mich denkst, doch ich merke oft, wie Zweifel in deiner Stimme liegen, wenn du mir einen Auftrag erteilst. Ich merke deine Angst, dein Misstrauen in meine Fähigkeiten, aber wie erwähnt: Ich weiß, was ich tue. Ich weiß, was ich kann und was ich nicht kann.

Vielleicht – oder sicherlich – habe ich zahlreiche Narben an meinem Körper. Aber diese Narben befähigen mich, das Leid eines anderen zu erkennen. Ich sehe, was gespielt ist, wer unter Make-up seine Tränen verdeckt oder mit Ironie seine Verzweiflung überspielt. Ich sehe und höre nicht nur das, was gesagt wird, sondern auch die kleinen Botschaften dazwischen.

Ich bin ein Bauchmensch. Ich habe zwar einen hohen IQ, aber trotzdem vertraue ich mehr auf mein Bauchgefühl als auf den IQ. Dadurch treffe ich womöglich Entscheidungen, die im ersten Moment unlogisch sind. Doch gib mir ein paar Minuten. Im Nachhinein wirst du den Sinn dahinter erkennen.

Ich bin ein Risikomensch. Ich habe vor vielen Dingen einfach keine Angst. Ich habe in meinem Leben schon so viel überlebt, dass ich mich in Risikosituationen zuhause fühle.

Gleichzeitig machen mir jedoch ganz normale, alltägliche Dinge Angst. Ich kenne es nicht *normal* zu sein. Deshalb gib mir eine Chance dir zu beweisen, dass ich es schaffe Krisen zu managen. Gib mir die Möglichkeiten meine Stärken einzusetzen und meine Schwächen zu minimieren. Ich funktioniere unter Stress reflektierter als manch anderer Mensch, der nur ein *normales* Leben kennt.

Adrenalin im Blut lässt mich nicht panisch werden, sondern ruhig. Es ist ein für mich ein bekanntes Gefühl und nichts Angsteinflößendes.

Gib mir die Chance mich zu beweisen. Ich kann mehr, als du mir zutraust. Ich brauche lediglich einen Menschen, der an mich glaubt und mir die Gelegenheit dazu bietet.

Bitte unterschätze mich nicht und sage mir nicht, dass ich etwas nicht kann. Das wurde mir in meinem Leben schon zu oft gesagt. Fast hätte mich der Glaube an diese Aussage das Leben gekostet. Ich hätte nämlich fast geglaubt, dass ich es nicht schaffe, mich zurück ins Leben zu kämpfen …

Bitte gib mir die Möglichkeit neue Wege einzuschlagen. Ich weiß, es wurde SCHON IMMER so gemacht und Veränderungen sind doof, aber diese Begründung ist für mich der reinste Horror. Ich hasse Routine und ich hasse es, etwas zu tun, weil es alle schon immer so getan haben.

Irgendetwas sträubt sich in mir gegen diese Sätze. Ich möchte neue Wege gehen und mich ausprobieren. Merke ich, dass ich auf dem Holzweg bin, bin ich gerne dazu bereit umzukehren, aber Ideen direkt zu verurteilen, weil sie aus dem Schema fallen, finde ich doof.

Wären alle Menschen gleich, wäre es ziemlich langweilig auf unserem Planeten. Deshalb bleibe wie du bist, verstelle dich nicht, verbiege dich nicht, sondern sei du selbst: Denn du bist perfekt, so wie du bist!

Bleib, wie du bist, denn so mag dich jeder.
Ein Mensch der perfekt ist, keine Macken besitzt, nie Fehler macht, zu allem *Ja* und *Amen* sagt, nie scheitert, keine Ängste kennt und nie traurig ist, ist kein Mensch, sondern eine Maschine.
Jeder Mensch besitzt Gefühle, die verletzt werden können, hat größere oder kleinere Probleme und Sorgen, kennt Ängste und fällt ab und zu auf die Schnauze. Es gibt niemanden, der so gut ist und alles beim ersten Versuch perfekt hinbekommt.
Wer behauptet, dass er nie Fehler macht, ist entweder ein Roboter oder ein Mensch mit ganz, ganz wenig Selbstvertrauen! Denn stark ist nicht der, der nichts falsch macht, seine Fehler überspielt,

keine Gefühle zulässt und behauptet noch nie am Boden gelegen zu haben, sondern der, der seine Fehler eingesteht, Gefühle auslebt und bereits mehrmals am Boden gelegen hat, aber immer wieder aufgestanden ist.

Wenn du den Gipfel erreichst, fragt niemand, wie viele Pausen du machen musstest. Es fragt niemand, ob es beim ersten Versuch geklappt hat. Es interessiert niemand, wie oft du geflucht hast.
  Das Ankommen ist das Einzige, was zählt.

Borderliner schaffen es nicht, dem Unterrichtsstoff in der Schule zu folgen, haben hohe Fehlzeiten und schwänzen regelmäßig den Unterricht. Eine Ausbildung erfolgreich abzuschließen ist für sie unmöglich. Sie sind unfähig einen Beruf zu erlernen, geschweige denn auszuüben. Am Sportunterricht nehmen sie so gut wie nie teil, weil sie keinen *Bock* auf Bewegung haben.
  Borderline-Betroffene sind faul, humorlos, suchen ständig Ausreden, haben kein Interesse daran sich anzupassen und, und, und. Was in den Köpfen mancher Lehrer vorgeht, ist mir ein Rätsel. Sie scheinen vernarbte Hände/ Arme zu sehen und schon glauben sie zu wissen, wie die Person tickt. Ständig wurde ich während meiner Schulzeit von

irgendwelchen Lehrern in eine Schublade gesteckt. Jeder sah meine Narben, doch kaum jemand sah den Menschen, der dahinter steckte.

Häufig, zu oft, wurde und werde ich noch heute aufgrund meiner Narben oder Diagnose falsch eingeschätzt. Immer wieder bekomme ich irgendwelche Vorurteile zu hören. Das tut weh und ist unfair!

Nur weil ich Narben von Selbstverletzungen an meinem Körper habe bin ich kein schlechterer Mensch! Ich kann es genauso schaffen eine Ausbildung abzuschließen wie jeder andere gesunde Mensch auch!

Ich habe den Ehrgeiz und den Willen dazu etwas zu erreichen, ich lerne für jede Klausur, schreibe gute Noten, beteilige mich am Unterricht etc. Trotzdem bekomme ich ständig zu hören: »Bist du sicher, dass du das schaffst?« und wenn ich frage: »Warum?«, bekomme ich meistens die Antwort »Nun ja, wegen der psychischen Belastung«, zu hören.

Das ist ungerecht! Mein Gegenüber weiß lediglich meinen Namen und sieht die (alten) Narben an den Händen und meint bereits zu wissen, dass ich es nicht schaffe, eine Ausbildung zu absolvieren.

Wenn ich eine Woche (wirklich) krank bin und im Bett liege, heißt es sofort, das sei psychisch bedingt.

Wenn ich einmal traurig bin, bin ich sofort depressiv und wenn ich beim Sportunterricht nicht mitmachen kann, habe ich keinen Bock mich zu bewegen.

Erstaunlich was andere Menschen alles über mich wissen. Die wissen zum Teil Dinge über mich, die ich noch nicht einmal wusste!

Dass das alles andere Gründe und Ursachen hat, wollen sie nicht hören. Sie haben sich bereits ein Urteil über mich gebildet und das steht fest.

Also Danke an all die Lehrer, Mitschüler und anderen Menschen die mich nicht aufgrund meiner Narben oder Diagnose verurteilt haben! Danke, dass es euch auch noch gibt!

Meine Narben sind Kriegsverletzungen von einem Kampf, den ich gegen mich selbst und gegen Erinnerungen an die Vergangenheit geführt habe.

Vorteile von Borderline

Wir schaffen es nicht, Entscheidungen zu treffen, Leben in einer Welt von Extremen, denken in *schwarz-weiß*, haben Schwierigkeiten in zwischenmenschlichen Beziehungen, können nicht alleine sein, handeln impulsiv und so weiter. Die Liste von dem, was Borderline-Betroffene angeblich nicht können oder was ihnen Probleme bereitet, ist lang.

In fast jedem Bericht über die Diagnose werden sämtliche Schwächen, Defizite und Probleme aufgezählt. Aber welche Vorteile es haben kann Borderliner zu sein, wird nur selten genannt. Meist wird es komplett außer Acht gelassen oder lediglich in einem kleinen Nebensatz kurz angedeutet. Das finde ich traurig, denn genauso wie eine Münze zwei Seiten hat, hat Borderline ebenfalls zwei Seiten. Eine positive und eine weniger positive.

Selbstverständlich haben wir Borderliner durch die Erkrankung manch zusätzliche Schwierigkeiten und Defizite im Leben, aber gerade durch diese haben wir gelernt zu kämpfen. Selbst wenn es oft nach außen hin nicht so wirkt, sind alle Borderline-Betroffene starke Charaktere. Jeden Tag ziehen wir aufs Neue in den Kampf gegen unsere Probleme und stürzen dabei nicht selten zu Boden. Trotzdem bleiben wir niemals liegen, sondern stehen immer wieder auf. Würden wir uns selbst aufgeben, dann wären wir nicht mehr am Leben.

Genauso extrem wie wir negative Emotionen wahrnehmen, verspüren wir auch positive Gefühle um ein vielfaches stärker als Nicht-Betroffene. Wir sind nicht einfach nur glücklich, wir sind überglücklich. Wir lieben unsere Freunde/ Partner nicht nur, sondern vergöttern sie.

Selbst die starken Stimmungsschwankungen haben ihre Vorteile: Sind andere Menschen schlecht gelaunt, dann sind sie das meist über mehrere Stunden oder gar den restlichen Tag lang. Bei uns ist die schlechte Laune beziehungsweise Wut meist nach wenigen Minuten oder spätestens zwei Stunden komplett verflogen.

Wir sind sensibel, das stimmt. Aber durch unsere Sensibilität besitzen wir auch viel Empathie. Uns ist es möglich, allein durch die Mimik und Gestik unseres Gegenübers seine Gedanken und Gefühle nachzuempfinden. Wenn jemand mit uns redet, können wir alleine an der Betonung hören wie er sich fühlt und ob er das Gesprochene ernst meint.

Durch diese Empathie besitzen wir einen großen Gerechtigkeitssinn.

Die wenigsten Borderline-Betroffenen können ohne Gewissensbisse mit ansehen, wie andere Menschen geschlagen, gemobbt oder ausgegrenzt werden. Den meisten von uns tut das innerlich fast so sehr weh, wie den Betroffenen selbst.

Unseren eigenen Körper hassen wir, doch anderen Menschen würden wir nie absichtlich Schmerzen zufügen oder ungerecht behandeln. Ausnahmen sind unter Drogen- oder Alkoholkonsum, durch impulsives Verhalten oder Angst (vor zum Beispiel Nähe). In solchen Fällen verlieren wir nicht selten die Kontrolle über unser Handeln …

Im Grunde sind wir jedoch friedliche Menschen und streben nach einem harmonischen Miteinander.

Außerdem wird Borderlinern nachgesagt, dass sie überdurchschnittlich intelligent seien und äußerst kreativ. Das sind ebenfalls Vorteile der Diagnose. Wir kommen auf Ideen, auf die sonst niemand kommen würde. Für (fast) jedes Problem finden wir eine Lösung – nur nicht für unsere eigenen.

Wir haben schon in jungen Jahren eine unwahrscheinlich große Lebenserfahrung. Wir haben gelernt, dass man im Leben nichts geschenkt bekommt und man sich alles hart erarbeiten muss. Doch gerade dadurch wissen wir die schönen Momente im Leben zu schätzen und dass sich der Kampf genau dafür lohnt. Uns wird nie langweilig werden, da wir nicht wissen was uns im nächsten Augenblick erwartet. Jeder Moment kann unsere Stimmung ins komplette Gegenteil umschlagen oder unser Höhenflug vorbei sein und das nächste Tief kommen; oder umgekehrt.

Wir Leben jeden einzelnen Moment unseres Lebens und das um ein Vielfaches stärker als Nicht-Betroffene.

Ich würde sagen, Borderline hat einige Vorteile. Um diese zu erkennen muss man lediglich die Augen aufmachen und diese auch sehen wollen. Leider sehen einige Betroffene/ Angehörige/ Außenstehende und selbst Experten ausschließlich die negativen Seiten der Diagnose ...

Und dann sagt man, dass Borderliner zu *Schwarz-Weiß-Denken* neigen. Was ist mit der Einstellung mancher Menschen gegenüber Betroffenen? Diejenigen, die ausschließlich unser Problemverhalten sehen? Ich würde das ebenfalls *Schwarz-Weiß-Denken* nennen. Sie verschließen die Augen vor den positiven Aspekten, malen also alles schwarz.

Es gibt Leute, die denken viel nach, es gibt Leute, die denken wenig nach und dann gibt es mich. Ich zerbreche mir über jede Kleinigkeit den Kopf und grüble komplette Nächte durch. Hat mein Computer im Kopf einmal Fahrt aufgenommen, ist er nicht mehr zu stoppen. Ich komme von einem Thema zum anderen und weiß am Ende gar nicht mehr, wie überhaupt die ursprüngliche Ausgangsfrage war.

Ich glaube, manche Dinge muss ich nicht verstehen. Ständig bekomme ich zu hören, dass ich nicht alles auf meine Diagnose schieben soll, dass Borderline keine Ausrede sei und ich dadurch keinen *Sonderstatutus* hätte – gleichzeitig heißt es aber ich würde mich typisch Borderline verhalten. Muss ich das verstehen?

Selbstverständlich ist Borderline weder eine Ausrede noch ein Freifahrtschein dafür, dass man sich so verhalten darf, wie man möchte und nicht mit Konsequenzen rechnen muss, trotzdem gebe ich zu, dass auch ich ab und zu den Satz gebrauche: »Ich bin Borderliner – ich darf das!«.
Allerdings möchte ich mit dieser Aussage mein Verhalten nicht rechtfertigen oder entschuldigen, sondern provozieren. Schließlich möchte ich die Illusion, die mein Gegenüber von einem *typischen Borderline-Betroffenen* hat, nicht zerstören.

Nein, Spaß beiseite! Ich finde es traurig, dass alle meine Reaktionen, Verhaltensweisen und negativen Gedanken auf die Diagnose geschoben werden! Jeder Mensch ist Mal traurig, Mal wütend, hat ab und zu Stimmungsschwankungen, schlechte Laune, ist überdreht oder bekommt einen (grundlosen) Lachflash und dieses Verhalten ist nicht immer krankhaft! Nur weil ich die Diagnose Borderline habe, ist nicht alles an mir *typisch Borderline.*

Ich persönlich sehe Borderline nicht als Erkrankung an, denn krank ist in meinen Augen, wer Fieber hat, Bauchschmerzen oder Übelkeit und im Bett liegen muss – und das sind Betroffene nicht.

Das Gefühl ‚krank' zu sein entsteht meist durch Depressionen, soziale Phobien, Angststörungen oder Suchtverhalten, die häufig in Verbindung mit dem Borderline-Syndrom auftreten.

Alle Menschen sind gleich (Artikel 1 des Grundgesetzes) – nur manche Menschen sind gleicher.

Der zweite Teil des Satzes steht zwar nicht im Grundgesetz (und sollte dort auch nicht stehen!), aber dennoch ist er alltäglich. Besonders Menschen, die (psychisch) krank sind, müssen oft am eigenen Leib erleben, dass dieser Artikel des Grundgesetzes mit Füßen getreten wird.

Die Idee, die hinter diesem Artikel steht, ist sicherlich gut, doch an der Umsetzung muss eindeutig noch gearbeitet werden! Sobald eine Person nämlich anders aussieht, sich ungewöhnlich verhält oder sonst irgendwie von der Masse abhebt, hat sie es in den meisten Fällen schwerer als eine andere Person, die sich von der Masse nicht abhebt. Das finde ich persönlich sehr traurig, denn heißt es nicht, dass individuell sein eigentlich erwünscht ist?

Wer diese Aussage für übertrieben oder gar erlogen hält, dem möchte ich einmal ein paar Beispiele nennen:

Wenn jemand mit pinken Haaren ein Bewerbungsfoto losschickt und einmal mit einer natürlichen Haarfarbe. Bei welchem Bild werden mehr Bewerbungsgespräche folgen?

Ein tätowierter Mann mit Piercing und ein Mann ohne Tattoos und Pircing sind auf einem Foto abgebildet. Hundert Leute werden gefragt, wer *krimineller* aussieht. Wie wird wohl das Ergebnis sein?

Ein Obdachloser betritt ein Café und fragt, ob er auf die Toilette darf und ein Geschäftsmann fragt das Gleiche. Wer wird häufiger abgewiesen werden?

Eine Frau war in einer psychiatrischen Klinik wegen Depressionen in Behandlung. Nach ihrer Behandlung will sie wieder im Leben durchstarten. Wie viele Steine wird sie aufgrund ihrer Diagnose und ihres Klinikaufenthaltes in den Weg gelegt bekommen?

Ein Junge mit Tourette betritt ein Nobelrestaurant. Wie lange wird es dauern, bis die ersten Gäste verlangen, dass er das Restaurant verlässt?

... und dann werden plötzlich dünne Wände zu Mauern. Du möchtest schreien, aber schweigst. Der Ballast erdrückt dich und du fliegst davon. Du weißt, was richtig ist, aber entscheidest dich falsch. Die Welt dreht sich weiter und du bleibst stehen. Du atmest ein, du atmest aus und nichts ändert sich, aber gleichzeitig ändert sich alles. Du bist du, aber wer bin ich? Gedanken überschlagen sich. Es gibt Dinge auf dieser Welt, die sind einfach nicht in Worte zu fassen.

Woher stammt mein Wissen zum Thema Borderline?
Ich bin kein Psychologe, Psychiater, Neurologe oder ähnliches und habe auch kein Medizin- oder Psychologiestudium abgeschlossen, sondern bin *nur* selbst von der Diagnose betroffen. Trotzdem, oder vielleicht auch gerade deswegen, denke ich, dass ich mich äußerst gut mit diesem Thema auskenne. Schließlich erlebe ich jeden Tag aufs Neue, was es bedeutet, mit Borderline zu leben. Ich weiß wie es ist, wenn der eigene Körper zum größten Feind wird, man sich selbst hasst sein Leben verflucht und es am liebsten beenden möchte. Ich weiß wie es sich anfühlt, wenn man in den Spiegel schaut und sein eigenes Spiegelbild nicht erkennt. Wenn man nicht weiß wer man ist, was man will, ob man überhaupt noch lebt oder vielleicht schon tot ist. Wenn alle

Emotionen von einer auf die andere Sekunde verschwinden, alles um einen unreal wirkt und man das Gefühl hat gar nicht wirklich in seinem Körper zu sein. Wenn einem das gesamte Leben wie ein Film beziehungsweise Alptraum vorkommt, in dem man ausschließlich Zuschauer ist und nicht aktiv eingreifen kann. Wenn die eigenen Gefühle außer Kontrolle geraten, die Stimmung von einer auf die andere Sekunde in das gegenteilige Extrem umschlägt und man dem allem machtlos gegenüber steht. Ich weiß, wie anstrengend und nerven-aufreibend es ist, wenn man im einen Augenblick lacht und überglücklich ist und im nächsten Moment weinend in der Ecke sitzt und noch nicht einmal selbst weiß warum. Wenn die gesamte Welt ausschließlich aus zwei Farben besteht, nämlich aus Schwarz und Weiß.

Aber ich weiß auch, dass man lernen kann, damit umzugehen. Borderline ist kein Todesurteil und auch kein Grund sich selbst oder sogar sein Leben aufzugeben. Auch wenn die Diagnose als nicht heilbar gilt, kann man sehr wohl lernen damit zu leben. Es ist möglich, einen Weg zu finden, wie man trotz der vielfältigen Symptome ein halbwegs normales Leben führen kann. Und das ohne ständig Medikamente schlucken zu müssen und andauernde Psychiatrieaufenthalte!

Der Weg dorthin ist zwar nicht leicht und verläuft selten gradlinig, doch es ist möglich, das zu schaffen. Ich habe es schließlich auch geschafft und mein Leben war wirklich alles andere als einfach. Zeitweise war ich ein perfektes Fallbeispiel für einen therapieresistenten Borderlinepatienten. Ich war in meinem Leben ganz weit unten, habe bereits mehrere Suizidversuche hinter mir und wurde sogar zeitweise von Ärzten und Psychologen aufgegeben. Kaum jemand hätte gedacht, dass ich jemals wieder auf die Beine komme und mich fange. Aber irgendwie habe ich es trotzdem geschafft mich zurück ins Leben zu kämpfen. Ich habe meinen Weg gefunden wie ich mit meiner chaotischen Gedanken- und Gefühlswelt zurechtkommen kann.

In gewisser Weise ist das Leben, wie das Rausstellen von gelben Säcken: Abends stellt man den gesammelten ,Müll' nach draußen, damit er am nächsten Tag entsorgt wird, doch am nächsten Tag macht man den Rollladen auf und entdeckt, dass der Müll immer noch da ist. Denn in der Nacht sind irgendwelche ,Idioten' vorbeigelaufen, haben die Säcke zerrissen und den Müll erneut auf der Straße verteilt.

Wieso redet man Menschen so lange ein, dass sie etwas NICHT können, bis sie unter dem Druck zusammenbrechen und in Selbstzweifeln versinken?

Ich verstehe es nicht: Wenn jemand einen Traum hat und dafür kämpfen will, warum lässt man ihn nicht? Warum redet man dieser Person immer wieder und wieder ein, dass sie zu doof oder zu unfähig ist oder dass ihre Träume nicht realistisch sind? Wieso nimmt man Menschen ihre Illusionen?

Klar gibt es Dinge, die nur schwer in die Tat umzusetzen sind, aber solange man es nicht versucht, wird man nicht herausfinden, ob es nicht vielleicht doch gehen könnte.

Wieso redet man Menschen klein? Wieso zerschlägt man Ideen und Träume? Und vor allem: Wieso beschwert man sich im Anschluss darüber, dass diese Person kein Selbstbewusstsein und kein Selbstvertrauen hat?

Man muss ja nicht alle Idee und Vorhaben gut finden, aber etwas, ohne die Hinter- und Beweggründe der Person zu kennen, direkt zu zerschlagen ist auch nicht die richtige Lösung. Ich persönlich finde es äußerst unfair, zu jemanden zu sagen: »Das schaffst du nie!« Denn, wenn wir mal in der Geschichte zurückblicken, sind die Menschen, die die *verrücktesten* und unrealistischsten Ideen hatten zu den größten Persönlichkeiten und berühmtesten Erfindern geworden.

Also bitte liebe Menschen, die nicht an gewagte Ideen, verrückte Umsetzungen und mutige Menschen glauben, überdenkt eure Einstellung. Hinter jedem Traum, hinter jeder Hoffnung, in jeder Illusion steckt der Wille, etwas zu verändern. Eventuell schafft es die Person nicht, ihre Träume eins zu eins umzusetzen, aber bitte, bitte lasst ihr die Chance, es wenigstens zu versuchen und womöglich einen Teil zu verwirklichen.

Wenn ich gefragt werde, was ich werden möchte, antworte ich meistens: »Reich, Millionär und dazu noch ein bisschen berühmt.«

Wenn ich dann ungläubig angeschaut werde, hänge ich noch hintendran: »Ach ja! Eine Villa und fünf Autos würde ich dann gerne auch noch besitzen!«

Schließlich muss man ja Ziele im Leben haben! Und wenn ich dann noch ungläubiger angeblickt werde, sage ich: »Ach Quatsch! Glücklich werden reicht mir eigentlich schon!«

Anschließend werde ich dann häufig nur noch müde belächelt. Dabei ist glücklich werden meistens um einiges schwerer als reich zu werden!

Einfach glücklich sein

Hört sich einfach an, aber ganz so einfach ist dies leider nicht. Ich persönlich sitze zum Beispiel häufig abends auf der Couch oder liege nachts wach im Bett, weil ich keine Ahnung habe, wie es in meinem Leben weitergehen soll, keine Kraft mehr zum Kämpfen habe und eigentlich nur noch heulen könnte. An diesen Tagen habe ich nicht selten das Gefühl, dass ich in einem dunklen, kalten Keller eingesperrt und gefangen gehalten werde. Ich schaffe es einfach nicht, daraus auszubrechen und mich zurück ans Tageslicht zu kämpfen. Meine eigene Traurigkeit scheint mich mit aller Gewalt festzuhalten.

Früher hatte ich in solchen Momenten das Gefühl, dass ich es nie schaffen werde aus dieser trostlosen Traurigkeit auszubrechen, aber heute weiß ich, dass nicht jeder Tag gleich ist und ein mieser Tag kein Dauerzustand ist. Nicht jeder Tag kann von Glück, Freude, Liebe und Herzlichkeit durchzogen sein. Es muss auch schlechte Tage geben, an denen nichts so läuft, wie es soll, man von allen und jeden genervt ist und man am liebsten nur noch einschlafen und nie wieder aufwachen möchte. Denn gerade durch solche Tage lernt man die positiven Momente im Leben zu schätzen und zu genießen.

Zusätzlich habe ich im Laufe der Zeit gelernt, darauf zu vertrauen, dass es nach jedem dunklen Tal auch irgendwann wieder bergauf geht. Deshalb lasse ich mich von Tiefschlägen nicht (mehr) unterkriegen oder von meinem Weg abbringen. Denn ich weiß, dass es immer irgendwie weitergeht.

Jedes Mal wenn man denkt, man ist am Ende und alles hat keinen Sinn mehr, öffnet sich irgendwo eine Tür, eine andere Person bietet einem seine Hilfe an oder die Probleme lösen sich von selbst. Das Leben ist nie eine Sackgasse, aus der man nicht mehr herauskommen kann oder in der man sich festfährt. Es geht immer weiter! Vielleicht nicht gerade aus, sondern über fünfzig Ecken, Steine, Felsen durch Wassergräben hindurch und über Umwege, aber es geht weiter!

8. Wie kann ich helfen?

Wie oft hast du schon jemanden verziehen, bei dem du genau wusstest, dass er dich wieder verarscht? Wie oft hast du eine Entschuldigung angenommen, die du eigentlich nicht annehmen wolltest? Wie oft entschuldigst du dich für Dinge, die nicht dein Verschulden sind? Wie oft hast du das Gefühl etwas falsch gemacht zu haben, obwohl du gar nichts falsch gemacht hast?

»Der/ dem muss man doch irgendwie helfen können!«, diesen Satz haben sehr wahrscheinlich schon die meisten Betroffenen zu hören bekommen und fast alle Freunde, Angehörige und Bekannte von Borderlinern werden ihn ebenfalls kennen. Allerdings ist dieser Satz leichter ausgesprochen, als er in die Tat umzusetzen ist.

Als Freund beziehungsweise Angehöriger eines Borderline-Betroffenen fühlt man sich sicherlich oft machtlos. Man möchte der Person helfen, hat aber keine Ahnung wie. Egal was man unternimmt, alles scheint falsch zu sein. Es ist vollkommen gleichgültig, ob man dem Betroffenen wegen seines Verhaltens Vorwürfe macht, ihm mit Verständnis entgegentritt oder es versucht zu ignorieren, das Ergebnis ist jedes Mal mehr oder weniger dasselbe. Nichts davon scheint langfristig zu wirken und eine Veränderung zu bezwecken. Alle Versuche und sämtliche Bemühungen scheinen vergebens. Immer wieder muss man als Freund/ Angehöriger/ Bekannter mit ansehen, wie der Betroffene in alte Verhaltensmuster zurückfällt, sich selbst verletzt oder Wutausbrüche hat und alles um sich herum zerstört.

Das ist bestimmt frustrierend und deprimierend wenn man das Gefühl hat, alles ausprobiert zu haben und nichts davon zu helfen scheint.

Wie soll man sich also verhalten? Wie kann man einen Betroffenen effektiv unterstützen, so dass seine Wutausbrüche, selbstverletzende Verhalten, oder Gefühlsausbrüche zumindest weniger werden?

Ein Borderline-Betroffener ist kein Hund, den man erziehen oder gar Tricks beibringen kann. Die Diagnose Borderline ändert rein gar nichts daran, dass er ein eigenständiger Mensch mit einem eigenen Willen ist. Deshalb ist der erste und wichtigste Schritt auf dem Weg Richtung Besserung, dass der Betroffene selbst dazu bereit ist, an sich und seinem Verhalten zu arbeiten. Es genügt nicht, wenn Familie, Freunde, Bekannte, Ärzte oder Psychologen mit allen Mitteln eine Veränderung bewirken wollen. Man kann keiner Person helfen, die sich nicht helfen lassen möchte.

Der erfahrenste Psychologe, die beste Therapie und die größte Unterstützung durch Familie und Freunde werden ohne jeglichen Erfolg bleiben, solange der Betroffene nicht aktiv mitarbeitet. Er selbst muss das Ziel haben eine geeignete Methode zu finden, mit seiner chaotischen Gefühls- und Gedankenwelt umzugehen und Gefühlsausbrüche und selbstverletzendes Verhalten zu vermeiden. Angehörige, Freunde, Bekannte sowie Ärzte, Psychologen und Therapien können ihm auf diesem langen, steinigen Weg eine große Stütze sein und begleiten, doch gehen muss er ihn alleine. Besitzt derjenige nicht selbst den Willen sein Verhalten zu ändern und an sich arbeiten, dann ist es so gut wie unmöglich, eine langfristige Veränderung zu bezwecken.

Für Borderline gibt es keine Tablette, die man einnimmt und anschließend ist alles wieder *normal*.

Man kann die Person nicht ändern, *umprogrammieren* oder die negativen Verhaltensweisen löschen.

Selbst Ärzte, Psychologen oder Therapien können den Betroffenen lediglich Möglichkeiten aufzeigen, mit denen es ihm gelingen kann seine Gedanken- und Gefühlswelt soweit zu regulieren, dass es nicht mehr – oder zumindest seltener – zu solch hohen inneren Anspannungen kommt, dass diese in Wutausbrüchen oder selbstverletzendem Verhalten enden. Jedoch können sie ihm diese nicht aufzwingen. Möchte derjenige keine Hilfe annehmen, dann ist jeder Versuch zwecklos und selbst Experten machtlos.

Also: Auch dir als Freund, Angehöriger, Bekannter oder Außenstehender sind die Hände gebunden, solange der Betroffene nicht dazu bereit ist einen besseren Umgang mit seinen Gedanken und Gefühlen zu erlernen. Man kann ihn als Mensch nicht ändern, sondern muss lernen mit allen Aspekten der Diagnose zu leben.

Das muss sowohl er als Betroffener als auch du als Freund/ Angehöriger/ Bekannter.

Ihr müsst gemeinsam einen Mittelweg finden mit den negativen Verhaltensweisen umzugehen, Grenzen setzen, Gespräche führen und über Probleme reden. Ihr müsst beide zusammen an einem Strang ziehen und das gleiche Ziel vor Augen haben. Niemand kann das Verhalten, Denken und Fühlen des anderen verändern. Nur die Person selbst kann lernen, diese besser zu kontrollieren. Deshalb ist es wichtig, dass sowohl der Betroffene als auch du lernen, mit den eigenen Gedanken und Gefühlen so umzugehen, dass jeder sein Verhalten besser unter Kontrolle hat. Diese Bereitschaft beider Seiten an sich selbst zu arbeiten und einzusehen, dass man den anderen nicht verändern, sondern lediglich lernen kann damit klarzukommen, ist der erste und wichtigste Schritt in Richtung Besserung.

Ein großer Teil der Betroffenen will kein Mitleid, denn Mitleid beziehungsweise Selbstmitleid hat noch niemandem weitergeholfen. Was tatsächlich hilft ist Akzeptanz, Toleranz und (falls von den Betroffenen gewünscht) eine gezielte Unterstützung in bestimmten Bereichen.

Wahrscheinlich hat jeder, der mit Borderline-Betroffenen zu tun hat, bereits mindestens einmal einen Wutausbruch mit- oder sogar abbekommen. Für Außenstehende wirkt die Reaktion des Betroffenen meist vollkommen übertrieben. Kein *normaler* Mensch kann verstehen, dass jemand wegen einer Kleinigkeit oder zum Teil auch ohne ersichtlichen Grund so rasend vor Wut wird, dass er schreit, alles und jeden um sich herum beschimpft, beleidigt, verflucht oder darauf losgeht. Viele Borderliner entwickeln bei einem Wutausbruch solche Aggressionen gegen sich selbst oder andere, dass man als Außenstehender wohl eher das Gefühl hat, einen wild gewordenen Tiger vor sich stehen zu haben als den sonst so friedlichen Menschen. Das Gegenüber scheint von einer auf die andere Sekunde wie ausgewechselt.

Beachtet man bei dieser übertrieben wirkenden Reaktion jedoch, dass ein Borderline-Betroffener all seine Gefühle um ein Vielfaches stärker wahrnimmt als ein Nicht-Betroffer, ist es kaum verwunderlich, dass er auch bei einem Wutausbruch zu extremem Verhalten neigt. Das sollte man als Nicht-Borderliner auch in solchen Momenten nicht aus den Augen verlieren.

Ich weiß, dass jetzt viele Freunde, Angehörige und Bekannte von Borderlinern sagen: »Verständnis ist zwar gut – aber in dieser Situation bringt es einen nicht wirklich weiter!«, und damit haben sie nicht ganz unrecht.

Das Ziel ist es die Situation möglichst schnell und ohne Gewalt zu entschärfen. Dafür ist Verständnis zwar äußerst hilfreich, trotzdem gelangt man damit nicht unbedingt bis zum Ende des gewünschten Ziels. Es ist lediglich der erste Schritt in die richtige Richtung.

Deshalb hier ein paar weitere Vorschläge, wie man den tobenden Borderliner (und sich selbst) beruhigen kann:

Zunächst ist es wichtig, dass du ruhig bleibst. Auch wenn es dir vermutlich sehr schwer fällt, versuche trotzdem deine Emotionen bestmöglich unter Kontrolle zu halten. Es bezweckt rein gar nichts, wenn du dich von der Wut anstecken lässt und ebenfalls laut wirst. Denn dann begibst du dich in das Territorium eines Borderliners – und glaube mir: darin ist jeder Betroffene unschlagbar! Du wirst keine Chance haben ihn in seinem Zornausbruch zu übertreffen. Deine Reaktionen werden lächerlich gegen seine aussehen. Du machst dir damit lediglich deine Nerven kaputt und dein Gegenüber wird sich weiter in sein Verhalten hineinsteigern.

Lasse dich nicht von den Emotionen des Borderliners beeindrucken. Auch wenn du gerade das Gefühl hast, eine dir fremde, vielleicht sogar aggressive, Person vor dir stehen zu haben, ist es immer noch der Mensch, den du kennen gelernt hast. Probiere ihm mit ruhiger, aber fester, bestimmter Stimme zu erklären, dass es dir egal ist, wie er sich verhält, er ist und bleibt dein Freund.

Ja, es hört sich verrückt an: aber sage ihm, dass du ihn so akzeptierst, wie er ist und dass du ihn trotz seines Zornausbruchs nicht weniger magst.

Für Betroffene gibt es während eines Wutanfalls nichts Schlimmeres als zusätzlich noch von einer geliebten Person verlassen zu werden beziehungsweise das Gefühl zu haben, dass die geliebte Person einen alleine lässt und nie wieder kommt. Selbst wenn du gerade das Gefühl hast, dass er dich am liebsten ohne Rückfahrschein mit einer Rakete auf den Mond schießen will, kannst du dir sicher sein, dass er vermutlich den nächsten Flug zum Mond nehmen wird um dich zurückzuholen.

Falls es dir nicht gelingt ruhig zu bleiben oder der Borderliner sich nicht beruhigen will/ kann, dann ist es eine Möglichkeit auf *Abstand* zu gehen. Verlasse die Situation beziehungsweise den Raum. Bevor du gehst, ist es wichtig, ihm zu erklären, dass du nicht für immer gehst. Sage ihm, dass du jederzeit für ihn da bist und er sich gerne melden kann, wenn er jemanden zum Reden oder Unterstützung braucht. Du kommst gerne wieder, sobald er sich beruhigt hat.

Vielleicht wird dir zu Beginn das kurzzeitige *flüchten* aus der Situation schwer fallen und der Borderline-Betroffene wird davon ebenfalls wenig begeistert sein, aber in vielen Fällen ist das eine effektive Lösung. So habt ihr beide die Chance zur Ruhe zu kommen, ohne euch gegenseitig weiter in die Höhe zu schaukeln. Sowohl dir als auch ihm wird die Möglichkeit genommen, den anderen zu beleidigen, zu beschimpfen oder anzuschreien. Das schont die Nerven.

Außerdem wird so vermieden, dass *aus einer Mücke ein Elefant* gemacht wird. Im Streit sagt jeder Mensch Dinge, die er bei ausgeglichener Stimmung anders betonen oder formulieren würde. Diese harten Worte können das Gegenüber schwer verletzen und die Situation eskalieren lassen. Um dem vorzubeugen kann eine kurze räumliche Trennung, bis beide Parteien zur Ruhe gekommen sind, hilfreich sein.

Allerdings sage ich dazu: Ein Borderliner ist auch *nur* ein Mensch und jeder Mensch ist individuell. Was für einen Betroffenen hilfreich ist, muss nicht gleich allen helfen. Dasselbe gilt für die Freunde, Familie, Angehörigen und Bekannten von Borderlinern. Jeder muss seinen eigenen Weg finden mit der Person zurechtzukommen. Für keinen Menschen (auch nicht für Borderliner) gibt es eine verallgemeinernde Gebrauchsanleitung mit dem Titel: »Wie gehe ich mit dieser Person um? Was mache ich wenn…«.

Jede Narbe ist eine Erinnerung an einen ein-
schneidenden Moment in meinem Leben.

‚Überlebenstipps' für Freunde, Bekannte und Angehörige
von Borderline-Betroffenen

Ein teilweise etwas ironischer Text, der jedoch einen wahren Hintergrund besitzt.

Fakten, Tipps, Denkanstöße und Zusammenhänge der Diagnose.

1. Informiere dich über die Diagnose. Informiere dich darüber was Borderline überhaupt ist und was es für Betroffene bedeutet mit dieser Diagnose zu leben. Entsprechende Materialien findest du in zahlreichen Büchern, die sich mit dem Thema beschäftigen und im Internet.

Wichtig hierbei ist allerdings, dass du nicht alles was du liest, sofort glaubst. In manchen Berichten werden Borderline-Betroffene nämlich als blutrünstige Monster beschrieben, von denen man sich am besten fernhalten sollte, doch das ist falsch.

2. Schließe nicht von einen Borderline-Betroffenen auf einen anderen. Nur weil du eine Person mit der Diagnose Borderline kennst, heißt das noch nicht, dass du weißt, wie alle Menschen mit der Diagnose Borderline ticken. Jeder Borderline-Betroffene ist weiterhin ein Individuum. Nur weil XY die Diagnose Borderline hat und gerne Tische und Stühle durch die Gegend schmeißt wenn er wütend ist, heißt das noch lange nicht, dass das Person Z, die ebenfalls die Diagnose Borderline hat, das auch macht.

3. Wobei wir bei Punkt drei wären: *Sage deinem Freund, Partner, Angehörigen, Bekannten etc. nie: »Du bist typisch Borderline!«* Denn dadurch beschränkst du dein Gegenüber alleine auf seine Diagnose – und das könnte er/sie dir durchaus übel nehmen!

Selbstverständlich gibt es gewisse Verhaltensmuster und Denkweisen, die für die Diagnose durchaus typisch sind, doch wie bereits gesagt: Borderline-Betroffene sind nicht alle gleich.

4. *Der Mensch mag zwar die Diagnose Borderline haben, aber er ist nicht Borderline!* Egal welche Diagnose ein Mensch hat, in erster Linie ist und bleibt er weiterhin Mensch. Eine Diagnose ändert daran nichts. Ein Mensch, der einen bösartigen Tumor hat ist ja schließlich auch nicht *Krebs* (außer vom Sternzeichen vielleicht).

5. *Allgemein ist die Bezeichnung ‚Borderliner'* *wortwörtlich genommen eine Beleidigung.* Denn es heißt schließlich auch *Menschen mit (einer) Behinderung* und nicht Behinderter.

Dementsprechend müsste es rein theoretisch auch *Menschen mit der Diagnose Borderline* beziehungsweise *Borderline-Betroffene* heißen und nicht Borderliner.

6. *Bezeichne einen Borderline-Betroffenen niemals als krank.* Denn er ist nicht im eigentlichen Sinne krank, sondern einfach nur anders. Er hat kein Fieber, kein gebrochenes Bein, muss sich nicht andauernd übergeben, muss keine Bettruhe einhalten oder ähnliches. Ein Borderline-Betroffener besitzt lediglich eine andere Denkweise und nimmt seine Gefühle um ein Vielfaches stärker wahr, als normale Menschen.

7. *Sage einem Borderline-Betroffenen auf gar keinen Fall er soll sich doch einfach mal zusammenreißen und normal benehmen.* Denn das ist für ihn unmöglich! Ein Borderline-Betroffener verhält sich nicht so, weil es ihm Spaß macht, er dich in den Wahnsinn treiben möchte oder er gerne eine große Show abzieht, sondern weil er so ist. Er kann sich nicht zusammenreißen. Es ist seine Persönlichkeit und die kann man nicht einfach mal so verändern, abstellen oder neu programmieren.

8. Borderline beziehungsweise psychische Erkrankungen erkennt man meistens nicht direkt auf den ersten Blick. Sie sind nicht wie ein gebrochenes Bein oder ein verbundener Arm, der einem unmittelbar ins Auge sticht und man die Verletzung oder die Einschränkungen des Betroffenen sofort erkennt. Doch trotzdem sind sie da. Nur weil die Einschränkungen und Begleiterscheinungen einer psychischen Erkrankung oder seelischen Verletzung nicht auf den ersten Blick erkennbar sind, heißt es nicht, dass es sie nicht gibt oder sie reine Einbildung des Betroffenen sind.

9. Jeder ist für sein Handeln selbst verantwortlich. Weder du bist daran schuld, wenn der Borderline-Betroffene einen Gefühlsausbruch bekommt oder sich selbst verletzt, noch ist er an deinen Reaktionen schuld.

Ein anderer kann lediglich der Auslöser für eine Verhaltensweise sein, jedoch nicht daran schuld. Zum Beispiel kann ein Streit der Auslöser für selbstverletzendes Verhalten sein, aber nicht daran schuld. Der Betroffene ist es, der seinem Körper die Wunde zugefügt hat. Genauso ist er nicht der

Schuldige, wenn du zum Beispiel schlechte Laune wegen dem Streit hast. Dieser Punk nennt sich *Eigenverantwortung*.

10. Sei für den Betroffenen da, wenn er dich um Hilfe bittet, zeige Verständnis und höre ihm zu. Wenn es ihm nicht gut geht, lenke ihn ab oder beschäftige ihn. Beweise ihm, dass du immer für ihn da bist und nicht nur, wenn es ihm gutgeht. Hat er das Gefühl zu fallen, dann halte ihn fest. Liegt er am Boden, dann helfe ihm auf. Sei ihm ein guter Freund, er wird es auch für dich da sein.

11. Borderline-Betroffene haben oft das Gefühl wertlos zu sein und nicht geliebt zu werden. Zeige ihm, dass du ihn so akzeptierst, wie er ist. Spare nicht mit Lob sobald er etwas gutmacht und sage ihm so oft wie möglich, dass du ihn magst so wie er ist.

12. Setze ihn niemals unter Druck. Druck erzeugt bei den meisten Betroffenen Gegendruck. Sobald sich ein Borderliner unter Druck gesetzt oder in die Enge getrieben fühlt, fährt er seine Stacheln aus. Du wirst die Lage nur noch verschlimmern.

13. Veränderungen können immer nur langsam vonstattengehen und leider gehören bei den meisten Fortschritten auch Rückschritte dazu. Daran solltet ihr beide jedoch nicht verzweifeln.

Tipp: Setze mit ihm besser viele kleine Zwischenziele und freue dich mit ihm, sobald er eines erreicht. So bleibt die Motivation erhalten.

14. Vorwürfe sind für Borderliner Gift und verstärken das Gefühl wertlos zu sein. Übe dich deshalb in konstruktiver Kritik. Diese ist weniger verletzend und klingt weniger vorwurfsvoll.

15. Lege mit dem Betroffenen zusammen Regeln fest, an die ihr euch beide haltet. Beim Festlegen der Regeln haben beide ein Mitspracherecht.

Akzeptiere, wenn er dir die ein oder andere unangenehme Regel setzt.

Sei ein gutes Vorbild und halte dich an seine Regeln.

16. Rituale helfen den Tag zu strukturieren. Sichere Strukturen geben Halt. Der Borderline-Betroffene ist ein Gewohnheitsmensch. Veränderungen machen ihm häufig Angst.

17. Rede mit ihm nicht ausschließlich über seine Gedanken und Gefühle, sondern tue es auch selbst. Erkläre ihm, was du fühlst und rede mit ihm über deine Gedanken und Ängste. Dadurch können Konflikte und Missverständnisse vermieden werden und er wird auch einige deiner Reaktionen besser verstehen.

18. Lasse dich nicht manipulieren. Du bist immer noch ein freier Mensch mit eigenen Interessen, Gefühlen und eigener Meinung. Aus diesem Grund setze Grenzen und stehe zu dir selbst. Mache nicht blind alles, was der Betroffene von dir verlangt, sondern hinterfrage es erst. Frage dich, ob du seine Bitte mit deinem Gewissen vereinbaren kannst und lasse dich zu nichts zwingen.

Magersucht ist viel mehr als Hungern, Bulimie ist viel mehr als Kotzen. Depressionen sind viel mehr als Traurigkeit, Borderline ist viel mehr als Ritzen, und ich bin viel mehr als meine Diagnosen.

Schubladendenken

Menschliche Gehirne neigen dazu, über alles und jeden zu urteilen. Das ist Tatsache. Jeder Mensch hat Erfahrungen in seinem Leben gemacht, die ihn geprägt haben und jeder hat über gewisse

Menschengruppen/ Situationen/Gegenstände Dinge gehört, die ihn dazu veranlassen zu Vorurteilen zu neigen. Deshalb wird alles und jeder in unserem Gehirn in eine bestimmte *Schublade* gesteckt. Das ist ein normaler Prozess, mit dem das Gehirn für Ordnung sorgt.

Würden nicht alle Sinneseindrücke die tagtäglich auf uns einprasseln, in irgendwelchen Schubladen einsortiert werden, dann wäre unser Gehirn vollkommen überfordert. Wie ein Büromitarbeiter, der nie irgendwelche Zettel in Akten abheftet, sondern alles auf seinem Schreibtisch lagert, würde auch bei uns im Kopf bereits nach kurzer Zeit ein heilloses Chaos ausbrechen. Überall würden unsortierte Notizen herumliegen und es würde ewig dauern, eine gesuchte Notiz zu finden. Also das sogenannte *Schubladendenken* ist wichtig für uns und hilft Ordnung zu schaffen.

Da wir jedoch alle Menschen sind und jeder Mensch Fehler macht, passieren auch beim Einsortieren von Menschen, Situationen oder Gegenständen in die jeweiligen Schubladen Fehler. So passiert es, dass wir eine falsche Vorstellung von jemanden oder etwas bekommen. Das ist allerdings nicht weiter schlimm, solange wir dazu bereit sind, unsere Meinung über die Person oder Situation nochmals zu überdenken und zu überprüfen, ob sie tatsächlich in der richtigen Schublade steckt. Falls das nicht der Fall ist, sollte man dazu bereit sein sie in eine andere Schublade umzusortieren.

Warum können uns die Menschen, die wir am meisten lieben am schlimmsten verletzen? Weshalb himmeln wir Menschen, die uns fies behandeln weiterhin an? Warum lassen wir das zu? Weil wir es nicht anders gewohnt sind? Weil wir uns nicht trauen, etwas zu ändern?

Die Augen, der Spiegel zur Seele

Sie steht vor mir. Ich schaue sie an, sie schaut mich an. Ich blicke in ihre Augen, in denen sich Angst spiegelt. Ihre Augen sind der Spiegel zu ihrer verletzten Seele. Sie sind glanzlos und traurig, wirken fast tot.

Wer hat ihr das angetan? Wer hat ihre Seele so verletzt? Was ist passiert?

Ihre Augen sind vom Weinen glasig. Wenn man sie anschaut, sieht man, dass ihre Seele in unzählige Stücke zerbrochen ist, wie ein gefallener Spiegel. Sie lächelt, doch in ihren Augen sehe ich die Traurigkeit, die in ihr herrscht. Sie versucht, ihre wahren Gefühle zu überdecken, doch ihre Augen lügen nicht.

Eine Träne rollt über ihre Wange. Sie wischt sie eilig weg und verleugnet, dass dort jemals eine Träne war. Eine weitere Träne rollt. Sie verdeckt ihr Gesicht mit den Händen, weil sie nicht will, dass jemand sie weinen sieht.

Wer in ihre Augen blickt, sieht ihre Hoffnungslosigkeit und Verzweiflung, die sie ein Leben lang bei sich trägt.

Wer hat ihr das angetan? Wer hat ihre Seele so verletzt? Was ist passiert?

Manchmal halten wir an Illusionen fest, weil wir die Wahrheit nicht ertragen können.

Hin und wieder möchte ich den Fernseher aus dem Fenster schmeißen, mein Handy im Klo versenken, den Telefonvertrag kündigen und mich auf eine einsame Berghütte zurückziehen.

Zeitweise habe ich das Gefühl, dass mir einfach alles zu viel wird. Wenn ich mich bei meinem E-Mail-Account einlogge, habe ich jeden Tag gefühlte hundert neue Nachrichten und mindestens neunundneunzig davon sind Spams oder unnötige Werbemails, die mich sowieso nicht interessieren. Schalte ich den Fernseher oder das Radio an, wird von den zehn Minuten Nachrichten mindestens acht Minuten von Mord, Totschlag, Krieg und

Flüchtlingskrise berichtet. Gehe ich auf die Straße, muss ich mir den Lärm der vielen Autos anhören und in der Innenstadt oder im Kaufhaus muss ich mich durch Menschenmengen drängen. Ehrenamt ist inzwischen eine aussterbende Berufung. Ohne Geld ist man heutzutage ein Niemand. Geld regiert die Welt. Hast du kein festes Einkommen, musst du sehen, wo du bleibst. Hilfsbereitschaft und die Worte »Bitte« und »Danke« kann man schon fast zur Gruppe der Fremdwörter zählen. Burnout und Depressionen sind auf dem Vormarsch. Selbst Schulkinder leiden bereits unter schweren Stresssymptomen. Unsere Welt wird immer unruhiger, stressiger, bunter, reizüberfluteter und lauter. Ruhige Momente gibt es kaum noch. Überall und zu jeder Zeit erreichbar zu sein wird heutzutage oftmals als selbstverständlich angesehen.

In der meisten Zeit macht mir das alles nichts (oder nichts mehr) aus. Aber manchmal treibt mich dieses funktionieren müssen und dieser nicht enden wollender Trubel echt in den Wahnsinn! Dann brauche ich meine Ruhe und muss einfach mal wortwörtlich abschalten. Das heißt, ich schalte den PC und das Handy aus und ziehe mich mit meinen Hund bei einem ausgedehnten Spaziergang im Wald zurück.

Ich habe kein Problem damit, im Leben zu kämpfen. Aber ich habe ein Problem damit, nichts anderes mehr zu tun.

Ich denke, jeder Mensch hat auf irgendeine Weise Probleme im Leben, doch die wenigsten reden darüber.

Ein Großteil der Menschheit versteckt aus Scham und Angst seine Wut, Trauer, Verzweiflung und somit auch seine Probleme und Sorgen hinter einem maskenhaften Lächeln. Ein Großteil hat Angst, vor seinen Mitmenschen als schwach dazustehen, nicht ernst genommen, ausgelacht zu werden oder fürchtet, dass jemand seine Schwäche und somit seine Verletzbarkeit ausnutzen könnte.

Doch nur weil diese Menschen nicht über ihre Gefühle, Probleme und Sorgen sprechen, heißt das noch lange nicht, dass sie keine haben.

Ich kenne dieses überspielen, verstecken und verleugnen des eigenen Befindens nur zu gut von mir selbst: Man freut sich ganz dolle auf etwas, ist froh, dass etwas so funktioniert, wie man es gerne hätte, ist stolz auf sich und im letzten Moment kommt etwas dazwischen und macht alles kaputt.

Innerlich könnte man schreien, die Welt verfluchen, alles kurz und klein schlagen, sich heulend in die Ecke setzen, doch nach außen hin lächelt man weiter und sagt: »Alles halb so schlimm, mir geht es gut, seht her: das macht mir gar nichts aus«.

Ich glaube, nein ich weiß!, dass es sehr, sehr schwer ist, offen vor anderen zuzugeben, dass man Probleme hat, dass einem gerade alles zu viel wird, dass einem die Probleme über den Kopf wachsen und man eventuell sogar professionelle Unterstützung benötigt um wieder klar zu kommen. Es kostet eine riesen Überwindung, zu sagen: »Leute! Hallo? Ich brauche Hilfe! Ich kann nicht mehr. Mir wird das alles zu viel. Ich schaffe es nicht mehr alleine.«

Und noch viel mehr Überwindung kostet es, sich selbst einzugestehen, dass man momentan nicht so *funktioniert*, wie man es sich vorstellt. Viele geben sich die Schuld an ihrer aktuellen Lage, stellen ihre eigene Kraft und ihre Fähigkeiten in Frage, zweifeln am Sinn des Lebens, fühlen sich als Belastung für andere und sehen sich selbst als das *Problem* an. Was natürlich vollkommener Unsinn ist! Jeder Mensch hat einen Sinn und ist ein Teil vom Ganzen. Kein Mensch ist überflüssig. Aber wenn gerade alles schief läuft, vergisst man das gerne.

Mir hat mal eine gute Freundin gesagt: »Man hat es nicht leicht, aber leicht hat es einen«. Am Anfang habe ich diesen Satz nie verstanden, doch je älter ich wurde, desto mehr begriff ich, was sie damit sagen wollte ...

9. Umgang mit Katastrophen

Manchmal trifft man selbst Entscheidungen im Leben und manchmal entscheiden andere. Zum Beispiel das Schicksal.

Das Leben ist nicht immer, oder eigentlich so gut wie nie, planbar. Selbst wenn man sich 50 Alternativpläne überlegt, findet das Schicksal meistens noch eine 51-ste Methode, um all diese Pläne über den Haufen zu schmeißen. Das habe ich in meinen 26 Lebensjahren schon zu genüge live am eigenen Körper ausgetestet. Daraus habe ich zwar nicht wirklich gelernt, aber ich habe zumindest gelernt, damit umzugehen.

Noch habe ich keine Lösung gefunden, um dem Schicksal aus dem Weg zu gehen, aber immerhin habe ich mir einen Weg erarbeitet, mich nicht mehr unterkriegen zu lassen!

Wenn mir Steine in den Weg gelegt werden, ändere ich die Richtung, aber nicht das Ziel. Und wenn ich am Boden liege, überlege ich mir einen

Plan, wie ich das Nächste mal vielleicht nicht ganz so schnell abstürze. Ich komme jedes mal mindestens einen Schritt weiter. Und wenn ich einen Schritt zurückgehe, dann nur um Anlauf zu nehmen, um mit voller Geschwindigkeit erneut durchzustarten.

An Zeiten in denen mein Leben normal und in geregelten Bahnen verlaufen ist, kann ich mich kaum erinnern. Spaßhalber sage ich oft: »Mein Leben verlief normal, doch dann wurde ich eingeschult.« Und leider ist da auch etwas Wahres dran. Wenn sich irgendein Problem im Umkreis von 1.000 Kilometern befindet, dann finde ich es, wenn etwas als unmöglich gilt, dann bekomme ich es garantiert hin und wenn das alle können, dann kann ich es bestimmt nicht …

Aber genauso gut bin ich auch Meisterin darin unmöglich Geglaubtes trotzdem zu meistern! Wenn ich auf meinen bisherigen Lebensweg zurückblicke, wären andere Menschen garantiert schon mehrfach gestorben, aber ich habe alles ohne größeren Schaden überlebt. Und das ist bei manchen Stationen in meinem Leben echt ein Wunder! Man könnte sagen, ich bin tollpatschig, habe ein Talent dazu Katastrophen anzuziehen, falle oft zu Boden, lande prinzipiell im Dreck, aber stehe immer wieder auf und verliere niemals meinen Humor!

Hinter jeder psychischen Erkrankung steckt ein ernstzunehmendes Problem. Symptome sind nicht gleich die Ursache. Die Ursache sitzt viel tiefer.

Manchmal frage ich mich selbst, wie ich so *blöd* sein kann und immer wieder aufstehe und weiterkämpfe, obwohl ich weiß, dass der nächste Schlag ins Gesicht nicht lange auf sich warten lässt.

Ich weiß keine Antwort darauf. Ich weiß nur, dass jedes mal, wenn ich am Boden liege und daran denke, aufzugeben irgendetwas in mir »Nein! Gib nicht auf! Bleibe nicht liegen! Stehe wieder auf!«, schreit.

Wer oder was dieses etwas ist und woher es kommt, kann ich nicht sagen, aber es ist immer da, wenn ich das Gefühl verspüre, keine Kraft mehr zum Kämpfen zu haben. Es hält mich sozusagen am Leben.

Und manchmal ist das Monster, das wir zu sehen glauben, nur unser eigener Schatten ...

Es ist mutiger, Fehler im Leben zu begehen und zu ihnen zu stehen, anstatt ständig zu versuchen perfekt zu sein.

Ich habe schon jede Menge Fehler im Leben gemacht. Viele davon habe ich bereut, manche musste ich machen, aus einigen habe ich gelernt, aus anderen nicht ... Und ja, ich bin mir sicher, ich werde noch weitere Fehler begehen. Aber hey, auf meinem Grabstein werden keine Noten stehen!

Ich habe es nicht anders erwartet. Aber ich hätte es mir anders erhofft! Deshalb tut es so verdammt weh.

Manchmal komme ich mir vor wie ein Teufel. Egal, was ich mache, ich mache immer alles falsch. Ich zerstöre Freundschaften, wähle die falschen Worte und breche Kontakte ab. Ab und zu bin ich echt ein zwischenmenschliches Arschloch.

Ich besitze mehr Empathie als die meisten anderen Menschen auf dieser Welt, aber leider hält mich das nicht davon ab, Fehler zu begehen. Ich versuche, perfekt zu sein, probiere mein bestes zu geben, aber ich scheitere jedes mal aufs Neue. Und das Schlimmste daran ist: Es tut so verdammt weh! Jedes mal tut es so verdammt weh, ein zwischenmenschliches Arschloch zu sein und eine Freundschaft zerbrechen zu sehen, weil ich die Nähe zu der Person nicht mehr aushalte.

Ich brauche Nähe, ich brauche Liebe, aber ich fürchte mich vor Berührungen. Ich will jemanden an mich heranlassen, aber gleichzeitig will ich, dass ein Sicherheitsabstand von mehreren Kilometern eingehalten wird.

Gewaltfrei ‚diskutieren'

Sicherlich hattest du schon Momente in deinem Leben, in denen du deinem Gegenüber am liebsten eine Faust ins Gesicht geschlagen, ihm gerne ordentlich, nicht ganz so höflich die Meinung gesagt, oder ihn einfach die schlimmsten Beleidigungen, die du kennst, an den Kopf geworfen hättest. Doch vermutlich hat dir jedes mal (wie bei den meisten Menschen auch) eine Stimme im Kopf gesagt: »Nein, das tust du nicht! Du versuchst, anständig zu diskutieren und deine Konflikte und Probleme ohne Gewalt zu lösen!«

Doch leider ist dieses *gewaltfreie Konflikte lösen* gar nicht so einfach wie es sich anhört. Besonders wenn man gerade emotional erregt ist, ist es schwer, anständig zu diskutieren, sein Gegenüber nicht zu beleidigen, ruhig zu bleiben und trotzdem weiterhin seinen eigenen Standpunkt zu vertreten.

Aus diesem Grund habe ich mir gedacht, dass ich eine Gebrauchsanleitung zum richtigen Diskutieren schreiben könnte.

1. Sobald du feststellst, dass du und dein Gegenüber ein Problem habt, nicht ein und derselben Meinung seid, etwas ausdiskutieren müsst etc., solltest du es ihm mitteilen. Sage: »Lieber XY, ich sehe: Wir haben ein Problem, über das wir miteinander reden sollten. Ich schlage vor, dass wir uns jetzt erst einmal zusammen an einen Tisch setzen, ich einen Entspannungstee koche und wir diesen dann gemeinsam in aller Ruhe trinken.«

Achte hierbei darauf, dass deine Stimme ruhig bleibt, du nicht aggressiv wirst oder dein Gegenüber in die Enge treibst und das Gefühl vermittelst, dass es Angst vor dir haben muss. Die Ansprache sollte stets freundlich und zuvorkommend sein.

2. Wenn ihr dann gemeinsam am Tisch sitzt und euren nervenberuhigenden Entspannungstee trinkt, kannst du anfangen, dein Gegenüber langsam und vorsichtig auf die anstehende Diskussion vorzubereiten: »Sobald wir den Tee ausgetrunken haben, werden wir anfangen zu diskutieren. Dann wird es so richtig zur Sache gehen! Trotzdem sollten wir uns auch hierbei an gewisse Regeln halten.

1. Keiner beleidigt den anderen, 2. Keiner greift den anderen körperlich an, 3. Ausschließlich

konstruktive Kritik, keine Verurteilungen, keine Erpressung oder unter Druck setzen, 4. Jeder lässt den anderen ausreden und 5. Ganz wichtig: es werden nur Ich-Botschaften verwendet!«

3. Jetzt kann es so richtig zur Sache gehen! Der Tee ist ausgetrunken und die Diskussion kann beginnen!
Anmerkung: Achtet hierbei bitte auf die Gesprächslautstärke und eure Körpergestik. Egal was passiert, die Gesprächslautstärke darf nicht Zimmerlautstärke überschreiten und der andere darf nicht bedrängt, angeschrien oder beleidigt werden!

4. Drücke deinem Gegenüber zu jeder Zeit deine Wertschätzung aus und gib ihm das Gefühl, dass du ihn trotz allem gerne hast und seine Meinung akzeptierst.

5. Kocht die Stimmung trotz allem etwas in die Höhe, dann trinkt einen weiteren Entspannungstee oder unterbrecht die Diskussion kurzzeitig um ein paar Yogaübungen zu machen.

6. Wenn alles nichts hilft ... Dann hilft nur noch ein Auftragskiller, sehr viel Alkohol, Erpressung oder Gewalt!

7. Da die Punkte 1 bis 5 wohl nicht so umsetzbar sind, wie sie dort stehen, sollte man auch Punkt 6 weglassen!

Auch wenn diese *Gebrauchsanweisung* zum Diskutieren etwas überspitzt und sehr ironisch geschrieben ist, ist der Kern trotzdem wahr. Ein Konflikt sollte nie mit Gewalt, Erpressung, Beleidigungen oder Fäusten gelöst werden. Selbst wenn dein Gegenüber dich gerade auf die Palme treibt, schätze es trotzdem wert und bringe ihm Akzeptanz entgegen.

Wo kann ich es reklamieren, wenn mein Leben nicht läuft, wie es soll?

Was ist ‚innerliche Anspannung'?

Ich weiß nicht, ob jeder Mensch dieses Gefühl kennt, wenn man meint vor innerer Anspannung gleich zu explodieren. Ich, und vermutlich jeder andere Borderline-Betroffene auch, kennen dieses Gefühl auf jeden Fall sehr, sehr gut!

Es fühlt sich an, als wenn man zehn Dosen Energy-Drink hintereinander auf Ex getrunken hätte. Man fühlt seinen eigenen Puls in den Schläfen pulsieren und an still sitzen ist gar nicht mehr zu denken. Dieses pulsierende Gefühl ist die Hölle! Man fühlt sich wie eine tickende Zeitbombe, deren Zünder bereits entschärft ist. Man weiß, dass jeder noch so kleine Funke zu einer Explosion führen kann. Und man weiß, dass sich diese Explosion, falls sie kommt, gewaschen hat! Aber zeitgleich ist man auch wiederum unfähig die Explosion zu verhindern und die Bombe zu entschärfen …

Wie bei einem Fahrradreifen in den man immer mehr und mehr Luft hineinpumpt, steht man unter Druck. Alles spannt sich und man spürt, wie einem die Luft zum Atmen fehlt.

Alle Muskeln sind aufs Äußerste angespannt. Man möchte diesen Druck loswerden, doch das Ventil, aus dem man normalerweise Luft ablassen könnte, ist defekt. Es kann keine Luft mehr heraus gelangen. Es geht nur noch Luft hinein. Immer mehr und mehr bläht sich der Reifen auf, bis er irgendwann nachgibt und mit einem lauten »PENG!« zerplatzt.

Ein einziges Wort kann dich aufbauen und vor einem Absturz bewahren, aber genauso kann dich ein einziges Wort zu Fall bringen ...

Dieses beschissene Gefühl, wenn man mitten unter Menschen ist und ständig das Gefühl hat angestarrt zu werden. Man getraut sich nicht etwas zu sagen, weil man fürchtet, direkt einen doofen Kommentar an den Kopf geschmissen zu bekommen. Man traut sich nicht, sich zu bewegen, weil man sonst erneut alle Blicke auf sich zieht und es somit noch einen neuen Grund zum Lästern gibt. Man traut sich nicht zu gehen, da das noch mehr Gründe zum Tuscheln geben würde und man zudem nicht schwach wirken möchte. Aber gleichzeitig schafft man es auch nicht, die anderen zu ignorieren, über die Lästereien hinweg zuhören oder so selbstbewusst zu sein, dass niemand merkt, wie sehr man verletzt ist und wie viel Unsicherheit tatsächlich in einem ist.

Am liebsten würde man in einem großen Loch im Erdboden versinken, unsichtbar werden oder sich in Luft auflösen. Doch leider funktioniert auch das nicht ... Stattdessen sitzt man weiterhin verängstigt und zusammengekauert in der Ecke und versucht sich so klein wie möglich zu machen. Nur nicht auffallen! Aber selbst das ist leichter gesagt als getan, wenn man mitten in einem gefüllten Klassenraum sitzt und der Sündenbock von allem und jedem ist!

Man benötigt keine Waffen, um einen Menschen umzubringen. Auch Beleidigungen, regelmäßige Schuldzuweisungen, anhaltendes Mobbing und Erpressungen sind irgendwann tödlich.

Und jedes Mal wenn du lachst, stirbt irgendwo auf der Welt ein Problem.

Besonders in schwierigen Situationen und anstrengenden Zeiten fällt es schwer, durchgehend optimistisch zu denken und weiterhin an das Gute zu glauben, aber genau in solchen dunklen Momenten ist exakt das extrem wichtig.

Wenn man nichts zu lachen hat, sollte man sich entweder etwas zum Lachen suchen oder sich dazu zwingen. Denn so doof wie es klingt: Wenn man seinen Problemen mit einem Lächeln begegnet und ihnen damit signalisierst: »Ihr bekommst mich nicht klein«, verschwinden sie oder werden zumindest bedeutend kleiner. Zeigt man hingegen Angst oder Furcht oder probiert sie zu meiden, wachsen sie.

Deshalb merke dir: Laufe vor deinen Problemen nicht weg, sondern grinse ihnen ins Gesicht. Deine Probleme sollten Angst vor dir haben und nicht du vor ihnen.

Egal wie oft unsere Welt zusammenstürzt, der Balken der Hoffnung bleibt immer stehen.

Hoffnung ist ein sehr starkes Gefühl, das uns selbst dann am Leben hält und an eine positive Wendung glauben lässt, wenn die Vernunft bereits gesagt hat, dass dies unmöglich ist. Sie ist die Kraft, die uns jedes mal wieder mit neuem Mut aufstehen lässt, egal wie oft wir stürzen und am Boden liegen.

Kennst du das? Du stehst morgens auf, hast kaum die Augen offen und hast bereits schlechte Laune oder bist traurig?

Keine Ahnung wieso, weshalb oder woher diese schlechte Laune am Morgen kommt, aber sie nervt! Niemand kann etwas für meine miese Stimmung, doch alle bekommen sie ab.

Ich habe mindestens zwei bis dreimal im Monat mit grundloser schlechter Laune zu kämpfen. Früher habe ich an solchen Tagen meine Wut und Trauer an meinen Mitmenschen ausgelassen, sie angemault, böse angeschaut oder mit ihnen unnötig diskutiert. Obwohl es – wie bereits gesagt – keinen Grund/ Auslöser für meine miese Gefühlslage gab, habe ich trotzdem alle Menschen in meiner Umgebung dafür verantwortlich gemacht.

Danach habe ich mich natürlich noch schlechter gefühlt, weil ich mich und meine Emotionen schon wieder nicht unter Kontrolle hatte und zudem noch dafür verantwortlich war, dass nun auch meine Umgebung mies gelaunt war. Doch wie erwähnt, das war früher. Heute gehe ich mit solchen doofen Tagen anders um.

Wenn ich schon beim Aufwachen mies gelaunt bin, gehe ich erst einmal allen Menschen aus dem Weg, nehme meinen Hund und laufe irgendwelche Strecken, wo mir zu 99 Prozent kein anderer Spaziergänger begegnet. Wenn mir auf diesen Wegen doch jemand entgegenkommt, weiche ich aus.

Meistens merke ich nach ca. zehn Minuten schon, wie meine schlechte Laune von Schritt zu Schritt weniger wird. Falls das noch nicht hilft, rede ich mit meinem Hund und versuche, meine schlechte Laune so loszuwerden. Versagt auch diese Taktik, fange ich an zu fluchen und alles Schlechte aufzuzählen. Ich suhle mich dann förmlich im Selbstmitleid, bis es mir irgendwann zu doof wird und ich mir selbst sage: »So, jetzt ist aber genug! Sooo negativ, wie du gerade alles siehst, ist die Welt doch gar nicht!«

10. Denkanstöße

Jeder Mensch darf sein, wie er will, ohne dass er sich dafür rechtfertigen oder entschuldigen muss oder deswegen ausgegrenzt wird.

(Vorausgesetzt er ist nicht schwul, lesbisch, psychisch krank, zu dick, zu dünn, zu laut, zu faul, zu aktiv oder besitzt eine andere Meinung als der Rest der Masse)

Sind wir Borderliner wirklich so viel anders?

Ich möchte die Krankheit keinesfalls verharmlosen, aber sind wir wirklich so viel anders als Nicht-Betroffene? Auch wir bestehen aus Fleisch und Blut, besitzen ein Herz, haben Gefühle, gehen auf zwei Beinen, benutzen unsere Hände um etwas zu greifen, beherrschen es, uns mit Hilfe von Worten mitzuteilen … Kurz gesagt: Wir sind genauso Menschen wie alle anderen auch.

Der Unterschied ist, dass wir anders denken, fühlen und somit auch oft anders handeln als Nicht-Betroffene.

Für Außenstehende wirkt dieses Verhalten sowie unsere Gefühls- und Gedankenwelt oft bizarr und unverständlich. Sie können sich in den seltensten Fällen in unsere Sichtweise hineinversetzen. Nicht selten werden wir aus diesem Grund als verrückt bezeichnet.

Aber welcher Mensch ist schon normal? Was ist überhaupt *normal*? Wer besitzt keine Ecken und Kanten? Kein Mensch ist perfekt. Jeder Mensch hat seine Macken und genau das ist das Menschliche an uns. Also warum sollte man jemanden verurteilen, weil er anders ist?

Klar, ist es nicht leicht mit einem Borderline-Betroffenen befreundet zu sein oder gar eine Beziehung zu führen, doch mit der Diagnose zu leben ist noch um einiges schwerer. Angehörige, Freunde, einfach jeder kann den Raum verlassen, wenn ihm ein Borderliner zu anstrengend wird, aber er selbst kann es nicht.

Man kann vor allem und jedem weglaufen, nur nicht vor sich selbst. Auch das ist menschlich!

Manchmal spürt man mehr, als der Körper ertragen kann.

Täglich nehmen sich alleine in Deutschland fünf Frauen und 22 Männer das Leben.

Pro Jahr begehen 120.000 Menschen in Europa Suizid.

Jeden Tag versuchen ca. 20 Kinder und Jugendliche sich das Leben zu nehmen.

Zwei davon schaffen es.

Suizid ist im Jugendalter die häufigste Todesursache.

Alle 68 Minuten wird in Deutschland eine Frau vergewaltigt.

Studien zufolge hat jedes siebte Kind schon mindestens einmal in seinem Leben sexuelle Gewalt erfahren.

Im Durchschnitt sind das 40 Kinder pro Tag und über 14.800 im Jahr.

Neun Prozent der deutschen Bevölkerung sind von einer psychischen Erkrankung betroffen.

Weltweit gibt es ca. 250.000 Kindersoldaten, die in den Krieg ziehen müssen.

Jedes Jahr werden bis zu 100 Menschen durch Gewalt getötet.

805 Millionen Menschen auf unserer Welt leiden an Hunger.

Wo ist unsere Gesellschaft bloß gelandet?

Du kannst nicht die große Welt verändern, du kannst nur deine eigene Welt verändern. Doch wer weiß, vielleicht verändert deine kleine Welt auch einen Teil der großen, weiten Welt?

Ich soll verrückt sein? Schaue dir unsere Welt an: In manchen Gebieten der Erde verhungern Menschen und bei uns werden Lebensmittel weggeworfen. Es gibt Menschen, die keinen Zugang zu sauberem Trinkwasser haben und wir haben soviel, dass wir uns damit waschen und darin baden. Es werden Kriege angefangen, um Frieden zu erreichen. Manche Leute haben soviel Geld, dass sie sich drei Villen und fünf Autos leisten können, andere sind so arm, dass sie nicht wissen, von welchem Geld sie sich ihr nächstes Essen kaufen sollen. Menschen ermorden andere Menschen, weil ihnen deren Aussehen oder Meinung nicht gefällt. Ein Diktator beschließt etwas und das gesamte Volk gehorcht, selbst dann, wenn sie gegen die Entscheidung sind, folgen sie dem Befehl ohne Widerspruch. Ein Mann vergewaltigt eine Frau oder Kind und bekommt lediglich eine kurze Haftstrafe oder sogar nur eine Bewährungsstrafe, obwohl das Opfer lebenslänglich darunter leiden wird.

Aber ich soll verrückt sein?

Manchmal muss man erst einschlafen, um aufzuwachen. Unsere Träume sind ehrlich zu uns. Sie zeigen uns Wege, Möglichkeiten, konfrontieren uns mit Ängsten, Sorgen, Lösungen, geben uns Hoffnung und stellen uns vor die ungeschminkte Wahrheit.

Nicht alles was glänzt ist Gold

Jemand der viel lacht, ist glücklich.

Jemand der nicht über Probleme redet, führt ein sorgenfreies Leben.

Jemand der zahlreiche Freunde hat, fühlt sich nie einsam.

Jemand der immer optimistisch denkt, wird nie verzweifeln …

Ich könnte diese Liste noch endlos weiterführen, aber die Aussage der Sätze würde sich dadurch nicht ändern. Jedes mal wird aufgrund einer einzelnen Eigenschaft beziehungsweise Verhaltensweise sofort auf das komplette Befinden und die aktuelle Gefühlslage der Person geschlossen. Doch dass nicht alles was perfekt scheint, auch tatsächlich perfekt ist, daran denkt niemand.

Was ich damit sagen möchte?

Wie oft begegnen wir Menschen in unserem Leben, die lachen, fröhlich wirken, immer gut gelaunt sind, gute Arbeit leisten, viele Freunde haben – bei denen wir felsenfest davon überzeugt sind, dass diese ein glückliches und sorgenfreies Leben führen – und plötzlich erfahren wir, dass das alles nur Schein ist. Dass diese Menschen alles andere als glücklich und zufrieden sind. Dass sie tagtäglich gegen unendlich viele Probleme ankämpfen müssen, Sorgen ihnen die Luft zum Atmen nehmen, sie kurz davor sind zu verzweifeln oder innerlich in einem Meer aus Tränen zu ertrinken drohen.

Obwohl manche Menschen keine Ahnung haben wie es in ihrem Leben weitergehen soll und sie am liebsten weinen oder aufgeben möchten, halten sie tagsüber die künstliche Fassade eines glücklichen Menschen aufrecht. Sie lachen, machen Scherze und würden niemals zugeben, dass ihnen gerade alles zu viel wird und ihnen die Probleme über den Kopf wachsen. Doch abends, wenn sie alleine zuhause sind und niemand anderes sie sieht, bricht diese künstliche Fassade wie ein Kartenhaus zusammen. Ihr Lachen verschwindet und mit dem Lachen auch der gespielte Optimismus. Zurück bleiben endlose Leere und tiefe Traurigkeit.

Tief in ihrem Innern sind diese Menschen depressiv, verzweifelt, nervlich am Ende, unglücklich und spielen eventuell sogar mit dem Gedanken ihr Leben zu beenden, aber keiner merkt es, denn am nächsten Tag lachen sie wieder und setzen ihr Schauspiel weiter fort.

Wir versuchen so oft und so lange anders zu sein, bis wir irgendwann vergessen, wer wir eigentlich sind.

Gibt es in den letzten Jahren tatsächlich mehr Menschen, die von psychischen Erkrankungen betroffen sind?

Wenn man die Statistiken zu Studien über psychische Erkrankungen der letzten Jahre betrachtet, fällt auf, dass die Zahl der Betroffenen enorm angestiegen ist. Zunehmend mehr Menschen, insbesondere junge Leute, scheinen mit Depressionen, Burnout, Borderline und Sucht-erkrankungen zu kämpfen. Man könnte fast annehmen, dass sich psychische Erkrankungen in unserer Gesellschaft explosionsartig vermehrt hätten und sich nun wie eine ansteckende Krankheit weiterverbreiten. Jedoch ist das nicht der Fall. Psychische Erkrankungen sind weder ansteckend, noch sind sie aus dem Nichts heraus entstanden. Und nein, sie haben sich auch nicht so explosionsartig verbreitet wie man anhand der Statistiken annehmen könnte. Also kurz gesagt: Es ist keine Epidemie zu befürchten!

Doch woher kommt dann der rasante Anstieg der Fallzahlen? Wer oder was ist dafür verantwortlich? Ist es vielleicht der enorme Druck der modernen Arbeitswelt und im Privatleben, der bei vielen Menschen zu psychischen Erkrankungen führt? Unser Lebensstil? Oder die Gesellschaft? Ist es für diese Menschen nicht möglich diesen vielen, starken Dauerbelastungen standzuhalten?

All das ist sicherlich nicht vollkommen unbeteiligt am Anstieg der Fallzahlen, aber der eigentliche Grund ist ein ganz anderer. Denn genau genommen gibt es keinen so extremen Anstieg wie es die Statistiken aussagen. Es gab auch vor 100 Jahren und noch früher zahlreiche Menschen, die mit psychischen Erkrankungen zu kämpfen hatten. Allerdings wäre in dieser Zeit nie jemand auf die Idee gekommen, deshalb zum Arzt oder gar zum Psychologen zu gehen. Das Thema psychische Erkrankungen wurde totgeschwiegen. Die meisten Leute wussten nicht einmal genau, was das überhaupt ist. Die Unwissenheit über viele Symptome machte es selbst für Betroffene fast unmöglich eine Depression, Angststörung, Burnout etc. zu erkennen. Erst durch die Aufklärungsarbeit in der Öffentlichkeit durch Projekte, Kampagnen und Personen, die sich geoutet haben, ist das Thema ins Gespräch gekommen.

Noch während des 2. Weltkrieges wurden Betroffene für verrückt erklärt und in Psychiatrien weggesperrt. In der Gesellschaft herrschten jede Menge Vorurteile. Das ist inzwischen glücklicherweise durch die Aufklärungsarbeit besser geworden. Heutzutage braucht sich niemand mehr zu schämen, dass er psychisch krank ist. Wobei Betroffene leider auch heute noch weiterhin mit dem einen oder anderen Vorurteil kämpfen müssen. Allerdings ist das Schamgefühl, wegen Angst, Depressionen, Schlafstörung oder Ähnlichem zu einem Arzt zu gehen, deutlich geringer.

Zudem werden durch die Aufklärungsarbeit psychische Erkrankungen mittlerweile schneller und besser erkannt. Mitte der 90er Jahre hätten die wenigsten bei Rückenschmerzen, Konzentrationsstörungen, Schlafstörungen an einen psychischen Hintergrund gedacht.

Also: Es gab sehr wohl psychische Erkrankungen. Depression, Burnout, Borderline und Co sind keine neuartigen Diagnosen. Neu ist lediglich dass offener damit umgegangen und das Thema öffentlich angesprochen wird. Die Symptome sind bekannter und machen eine Diagnose eindeutiger. Die Angst vor Diskriminierung und das Schamgefühl der Menschen ist gesunken und mehr Menschen nehmen professionelle Hilfe in Anspruch und suchen einen Arzt, Psychologen oder Psychiater auf. Das lässt die Fallzahlen steigen.

Ein weiterer Grund ist tatsächlich der Leistungsdruck der modernen Arbeitswelt und im Privatleben. Früher war es deutlich einfacher sich beispielsweise mit einer leichten Depression durch Leben und Beruf zu schleppen. Heute ist das bedeutend schwieriger.

Der Leistungsdruck, unser Lebensstil und die heutige Gesellschaft sind somit nicht der Auslöser für den Anstieg der Fallzahlen, sondern machen die Erkrankungen sichtbarer.

Du musst nicht gleich dein bester Freund werden. Ein Waffenstillstand mit dir selbst wäre bereits ein erster, erfolgreicher Schritt.

Ist Individualität wirklich erwünscht?

Der Mensch ist ein Individuum. Jeder Mensch sieht anders aus, denkt anders, fühlt anders, verhält sich anders und hat andere Interessen. Das ist den meisten Menschen bekannt und wird auch größtenteils toleriert. Allerdings nur bis zu einem gewissen Punkt.

Wenn wir unsere Gesellschaft genauer betrachten, müssen wir feststellen, dass wir in manchen Fällen unsere Individualität verstecken müssen, um akzeptiert zu werden. In gewisser Weise werden wir sozusagen in eine Norm gezwängt.

Ein kleines Beispiel: Stellen wir uns einen voll besetzten Gerichtssaal vor. Die Richterin betritt den Raum. Sie hat blaue Haare mit grünen Strähnchen, einen Nasenpiercing und ist dazu noch tätowiert. Sofort wird lautstarkes Gemurmel unter den anderen Leuten im Gerichtssaal ausbrechen. Und ich könnte fast wetten, dass die meisten Leser des Textes ebenfalls sofort denken: *Das geht nicht!*

Aber warum? Heißt es, dass die Richterin eine schlechtere Person ist? Nur weil sie anders aussieht? Nicht zu unserem Bild im Kopf passt, wie eine Richterin aussehen sollte? Leistet sie dadurch schlechtere Arbeit?

Dieses Beispiel soll zeigen, dass wir in unserer Individualität teilweise eingeschränkt werden. Auf der einen Seite ist Anderssein erwünscht und auf der anderen Seite wird es oft als unpassend angesehen. Es scheint eine gewisse Spannbreite zu geben, in der man sich mit seiner Individualität bewegen darf, überschreitet man diese jedoch, wird man schnell als verrückt hingestellt.

In manchen Fällen ist eine Vereinheitlichung zwar angebracht (zum Beispiel bei Dienstkleidung), trotzdem sollte nicht versucht werden, den Menschen an sich zu ändern. Jeder sollte die Chance haben, so zu sein wie er ist. Das heißt natürlich nur, solange dadurch kein anderer verletzt wird, zu Schaden kommt und kein Gesetzesverstoß vorliegt.

Bevor wir jemanden wegen seinem Anderssein verurteilen, als verrückt bezeichnen oder den Kopf schütteln und behauptet, dass sein Aussehen, Verhalten oder Denken nicht in Ordnung sei, sollten wir überlegen, wie die Welt aussehen würde, wenn alle Menschen gleich wären.

Würden alle Menschen gleich aussehen, sich identisch verhalten und dieselbe Denkweise besitzen, dann wäre es vermutlich sehr langweilig. Wir sollten dankbar sein, dass diese Menschen anders sind. Sie machen unsere Welt zu dem, was sie ist: Unberechenbar, abwechslungsreich und kunterbunt.

Nur weil jemand nicht in das Bild der Gesellschaft passt, ist er nicht schlechter als andere, sondern lediglich etwas Besonderes.

Nicht nur negative Erinnerungen können wehtun, sondern auch positive Momente können schmerzen. Besonders wenn man weiß, dass es nie mehr so werden wird, wie es damals war, können einen Erinnerungsbilder aus glücklichen Zeiten in die Knie zwingen.

Psychische Erkrankungen und Tabletten

Heutzutage wird ein Kind, das nicht still sitzen kann als hyperaktiv bezeichnet, jemand, der sich schlecht konzentrieren kann, hat eine Aufmerksamkeitsstörung, kann man mehrere Nächte nicht durchschlafen, hat man sofort eine Schlafstörung – für jedes *Problem* und jede *Auffälligkeit* scheint es eine Diagnose zu geben. Zum Teil wird menschliches Verhalten als krank abgestempelt. Für jedes *Störungsbild* scheint die Pharmaindustrie irgendwelche Tabletten bereit zu haben.

Ich will nicht behaupten, dass es diese psychischen Erkrankungen nicht gibt, denn sie gibt es sehr wohl und sie können auch durchaus belastend für die betroffene Person und deren Umfeld sein. Was ich sagen will, ist: Ist es tatsächlich nötig für alles Tabletten zu verschreiben?

Es mag gewisse Krankheiten geben, bei denen Tabletten unerlässlich sind, aber in vielen Fällen sind Medikamente überflüssig. Oft hilft ein psychologisches Gespräch oder eine Therapie besser, als irgendwelche Pillen. Durch Psychopharmaka werden die Probleme lediglich überdeckt, jedoch nicht die eigentliche Ursache bekämpft. Solange das Problem nicht gelöst beziehungsweise man nicht lernt damit umzugehen und zu leben wird sich daran nichts ändern. Tabletten sind kein Allheilmittel.

Ich persönlich habe die Erfahrung gemacht, dass ich besonders in Kliniken mit Tabletten zugeschüttet wurde.

Eine Tablette für die Stimmungsschwankungen, eine andere gegen die Anspannung, abends eine zum Schlafen und morgens eine zum Munterwerden. Es gab Phasen, da hatte ich gar keinen Überblick mehr, wie viele Tabletten ich überhaupt pro Tag schluckte. Gesund war das für meinen Körper bestimmt nicht!

Durch die vielen Tabletten hatte ich natürlich auch einige Nebenwirkungen, doch das war nicht schlimm, denn dafür gab es selbstverständlich ein anderes Medikament, das die Nebenwirkung linderte. Manchmal kam ich mir vor wie ein Versuchskaninchen. So in dem Sinne: Mal schauen wie viele verschiedene Medikamente man geben kann, ohne dass es zu Wechselwirkungen kommt. Ein Teil der damaligen Pharmaka mag zu dieser Zeit gerechtfertigt sein, doch nicht alle. Was bringt es mir, wenn ich zwar nicht mehr angespannt bin, dafür aber so zu gedröhnt, dass ich nicht einmal mehr geradeaus gehen kann?

Meine Meinung zu Tabletten ist, dass man aufpassen sollte, welche Medikamente und in welcher Dosis man diese nimmt. Besonders bei Beruhigungsmitteln sollte man darauf achten, dass sich der eigene Charakter nicht verändert. Sitzt man nur noch apathisch in der Ecke und nimmt seine Umwelt gar nicht mehr richtig wahr, ist die Dosis eindeutig zu hoch.

Bei Psychopharmaka ist es wie bei den meisten Dingen. Auch hier gibt es zwei Seiten: eine Positive und eine Negative. Sie können helfen, aber den Menschen auch *kaputt* machen.

Ich selbst nehme seit drei Jahren gar keine Psychopharmaka mehr und mir geht es gut. Anfangs wurde mir davon abgeraten die Tabletten abzusetzen, da befürchtet wurde, dass ich es ohne Medikamente nicht schaffe. Aber ich habe es geschafft und muss sogar zugeben, dass ich ohne Beruhigungsmittel besser zurechtkomme als mit. Ich kann mit Borderline leben und das ohne medikamentöser Unterstützung.

Bei psychischen Erkrankungen ist der Grat zwischen *Normalität* und *krankhaft* sehr schmal. Jeder Mensch hat Phasen, in denen er nicht gut schläft, in denen er traurig und unmotiviert ist, hyperaktiv oder unkonzentriert. Das alles können, müssen jedoch nicht, Anzeichen einer psychischen Erkrankung sein.

Wir sind Menschen und keine Maschinen. Nicht jeder Tag ist wie der andere. Nicht jeder Mensch ist gleich. Bevor man Tabletten einnimmt, sollte man erst abwägen, ob diese unbedingt notwendig sind oder ob vielleicht andere Möglichkeiten bestehen, die genauso wirkungsvoll oder sogar wirkungsvoller sind.

In einer akuten Krise können Psychopharmaka äußerst hilfreich sein, doch ob Tabletten die Dauerlösung sind, das muss jeder für sich entscheiden.

An manchen Tagen könnte ich Bäume ausreißen und anderen Tagen bin ich froh, wenn ich einfach nur überlebe. Das Aufstehen am Morgen wird zur Herausforderung und jeder Schritt fühlt sich an wie ein Marathonlauf.

Stelle dir vor, du wärst auf einer Modenschau. Das erste Model betritt den Laufsteg. Sie ist bildhübsch, bewegt sich elegant und es geht ein Raunen durch die Halle. Allerdings entsteht das Raunen nicht, weil die junge Frau so wunderhübsch ist, sondern weil ihre freien Unterarme mit tiefen, hässlichen Narben übersät sind ...

Vor deinen Augen parkt ein Mann mit einem Zug perfekt in eine extrem enge Parklücke ein. Es wirkt, als wenn Autofahren eine Leichtigkeit für ihn wäre. Doch als er die Tür seines Autos öffnet, um auszusteigen, streckt er nicht zuerst seine Füße heraus, sondern zwei Krücken. Der Mann besitzt nur noch ein Bein ...

Ein Mann sitzt in der Fußgängerzone und spielt auf einem Klavier wunderschöne Musik. Um ihn herum haben sich bereits mehrere Menschen versammelt, die ihm und seiner Musik gebannt zuhören. Was kaum einer ahnt: Der Mann trägt seine Sonnenbrille nicht, weil ihn die Sonne ansonsten zu sehr blenden würde, sondern weil er blind ist ...

Dies sind nur drei von unendlich vielen Situationen im Leben, die sich anders entpuppen als wir zuvor gedacht haben. Alle drei Beispiele entsprechen nicht unseren üblichen Vorstellungen und Erwartungen. Doch nur weil die Personen in den Beispielen nicht so sind, beziehungsweise sich nicht so verhalten, wie wir es erwarten, sind diese Situationen trotzdem, zumindest für diese Menschen, alltäglich. Was für uns manchmal abnormal, verrückt oder nicht stimmig erscheint, ist für andere Menschen vollkommene Normalität. Nur weil wir etwas als nicht normal oder abwegig ansehen, heißt das noch lange nicht, dass es so etwas nicht gibt oder nicht möglich ist.

Genau deshalb werde ich trotz der Diagnose Borderline, weiter lächeln, optimistisch denken und weiterhin unermüdlich für meine Ziele kämpfen! Geht nicht, gibt es nicht!

Burnout zu haben bedeutet, dass man mit 200 km/h über die Autobahn gerast ist und immer die linke Spur benutzt hat. Man ist niemals rechts ran gefahren, hat keine Pause eingelegt und dadurch vergessen zu tanken. Man ist so lange in Höchstgeschwindigkeit gerast, bis einem der Sprit ausgegangen ist und man mitten auf der Autobahn, fernab von der nächsten Tankstelle zum Stehen gekommen ist.

Es galt als unzerstörbar, doch dann kam ich!

Leute sagen: »Das kann nicht kaputt gehen!« oder »Es ist unmöglich, das nicht zu schaffen!« oder Ähnliches, doch dann komme ich und mache genau das, was zuvor als unmöglich galt.

Ohne mich großartig anzustrengen, rutsche ich ständig von einem Unglück zum Nächsten. Egal, wo etwas explodiert, unter Wasser steht, stehen bleibt, defekt ist oder in Einzelteile zerfällt, ich bin immer vor Ort oder zumindest in der Nähe! Deshalb möchte ich hier klarstellen und erklären:

Entschuldigung, ich mache so etwas nicht gezielt! Es passiert einfach. Ich will das nicht. Ich hätte auch gerne ein anderes Talent, als ständig irgendwelche Sicherheitslücken zu entdecken, Fehler aufzuzeigen, Schwachstellen gezielt anzugreifen, technische Defekts hervorzurufen oder was sonst noch alles so schief laufen kann, aber leider habe ich nun mal dieses unglaubliche Talent, solche Dinge anzuziehen.

Sorry! Ich habe mich deshalb auch schon oft beschwert, doch leider hat sich an meinem Talent trotzdem nichts geändert. Das heißt: Ich muss das Beste daraus machen!

Also: Wenn Sie ein neues Produkt auf Sicherheitslücken testen und wissen wollen, wie stabil etwas ist oder herausfinden, was bei dem Gebrauch alles schief laufen kann, dann kontaktieren Sie mich!

Ihnen ist langweilig? Ihr Alltag ist Ihnen zu normal oder zu gewöhnlich?

Das ist ebenfalls kein Problem! Erleben Sie einen Tag mit mir und der im Reisebüro gebuchte Abenteuerurlaub ist hinfällig!

Lasse deine Vergangenheit hinter dir und lebe den Moment. Negative Erinnerungen sollten uns nicht die Zukunft rauben.

Ich persönlich verstehe nicht, wieso Menschen sich Gedanken darüber machen, wie viele Personen eine Bombe, eine Handgranate, eine Panzerfaust oder eine sonstige Waffe in den Tod reißen oder verletzen kann. Wieso muss man darüber diskutieren, wer die größere Sprengkraft hat, wer mehr Macht besitzt oder die besseren Kämpfer ausbildet. Wieso müssen Menschen überhaupt Kriege führen? Wieso muss man Leben zerstören? Und: Wieso sind die meisten Menschen sich überhaupt nicht bewusst, dass sie die stärkste und verletzendste Waffe bereits gefunden haben?

Jeder von uns trägt diese Waffe bei sich. Diese Waffe ist ein echtes Wunderwerk! Sie kann zerstören, aufbauen, heilen, Mut machen, Hoffnung nehmen oder unter Umständen auch ein Leben zerstören ... Diese Waffe nennt sich Mund. Die Worte und Sätze, die wir sagen, können enorme Macht auf unser Gegenüber bewirken – häufig sogar ohne dass wir uns dieser Macht überhaupt bewusst sind.

Wir können eine traurige Person mit unseren Worten trösten oder eine fröhliche Person traurig machen, mit den falschen Worten können wir jemanden verletzen, wir können Träume zerstören, aber auch Vertrauen aufbauen, helfen und Mut geben.

Entschuldige dich nicht mit Worten, sondern mit Taten. Die wirksamste Entschuldigung ist, es beim nächsten mal besser oder zumindest anders zu machen.

Nach den Sommerferien wieder in der Schule:

Meine Freundinnen sind voll stolz, dass sie von den sechs Wochen Sommerferien zwei Wochen an der Nordsee waren und dort einen heißen Typen kennen gelernt haben. Begeistert berichten sie mir, dass das der aufregendste Sommer ihres Lebens war.

Ich stehe schweigend, mit einem künstlich aufgesetzten Lächeln daneben. Solch einen aufregenden Sommer, wie die zwei hätte ich gerne gehabt. Aber nein, mein Leben musste mal wieder komplett anders verlaufen. Eine Katastrophe hat die nächste gejagt, es gab mindestens drei Weltuntergänge (also pro Woche meine ich!) und wenn man alle meine Tränen aufgesammelt hätte, hätte man damit sicherlich den Wasserspiegel der Nordsee um zwei Meter heben können ...

Ein Text, der sich im ersten Moment vielleicht witzig, sarkastisch oder übertrieben anhört, der aber dennoch einen wahren und eigentlich traurigen Hintergrund besitzt. Es gibt tatsächlich Menschen, die in ein paar Wochen mehr erleben, als manch anderer Mensch in seinem gesamten Leben erlebt hat.

Die Logik hinter zahlreichen Logiken ist, dass es keine Logik gibt.

Ein Mann vergewaltigt eine Frau. Beim Verhör gibt er als Entschuldigung für seine Straftat an, dass er ein Mann sei und seine Hormone mit ihm durchgegangen seien. Sein hoher Testosteronspiegel und das freizügige Auftreten der Frau hätten dazu geführt, dass die Sicherungen in seinem Kopf durchgebrannt seien und er sie einfach vergewaltigen MUSSTE. Die Frau hat zwar lautstark gesagt, dass sie das nicht möchte, aber wenn man nach 22 Uhr mit Trägershirt und Minirock durch die Straßen läuft, ist das ja förmlich eine Einladung für einen Mann.

Bitte liebe Männer: Wenn das als Entschuldigung und Rechtfertigung anerkannt wird (was leider, leider immer wieder passiert) dann will ich als Frau einmal im Monat eine Bank überfallen dürfen, ohne eine Strafe zu bekommen! Denn auch wir Frauen kämpfen einmal im Monat mit unseren Hormonen. Und ja, wir können in dieser Phase auch zickig werden und unsere Krallen ausfahren, aber Männer vergewaltigen, Banken überfallen, Tankstellen ausrauben oder Ähnliches tun wir deshalb trotzdem nicht! Also warum kann ein Mann sein Fehlverhalten mit Hormonen entschuldigen und eine Frau nicht?

Es gibt Dinge, die man nicht versteht und Momente, die man nicht vergisst. Träume, die einem nicht aus dem Kopf gehen und Orte, an die man immer wieder zurückkommen möchte. Menschen, die einen immer begleiten und Gefühle, die man nicht haben will.

Du sagst, ich sei pingelig und perfektionistisch?
 - Ja, da hast du Recht. Ich bin kleinlich und kann/will mir keinen Fehler (und sei er noch so klein) erlauben. Aber nicht, weil ich pingelig bin, sondern weil mir zu oft gesagt wurde, dass ich zu faul, zu schlecht oder komplett unfähig sei. Irgendwann habe ich mir deshalb angewöhnt die Dinge nicht nur ausreichend oder gut auszuführen, sondern perfekt.

Du bemängelst, dass ich dir nicht vertrauen würde?

- Ja, auch das kann ich nicht leugnen. Jedoch hat das nichts mit dir persönlich zu tun. Ich vertraue jedem Menschen ausschließlich so weit, wie ich mir selbst sicher sein kann, dass er mich nicht belügt. Wenn du so oft wie ich im Leben enttäuscht worden wärst, würdest du vermutlich ähnlich reagieren. Negative Erfahrungen sorgen nämlich dafür, dass man irgendwann gewisse Dinge vermeidet.

Aber ich kann dir sagen: Wenn du es einmal geschafft hast mein Vertrauen zu gewinnen, dann vertraue ich dir blind mein Leben an.

Du kritisierst, ich könne keine Entscheidungen treffen?

- Ja, das kann gut sein, dass ich damit Probleme habe. Ich brauche etwas länger um alle möglichen Risiken, Gefahren, Vorteile und Chancen gegeneinander abzuwiegen. Bevor ich eine Entscheidung treffe, analysiere ich erst die komplette Situation, da ich fürchte, mich falsch zu entscheiden.

Zu oft habe ich in meinem Leben schon falsche Entscheidungen getroffen, die mir ewig vorgehalten wurden. Daraus habe ich gelernt. Desweiteren fehlt mir das nötige Selbstvertrauen, um meine Meinung kundzutun. Bevor ich versuche es mir selbst recht zu tun, möchte ich es erst allen anderen Menschen recht machen. Die Meinung und Gefühle anderer ist mir oftmals wichtiger als meine eigenen Gefühle. Dementsprechend diskutiere ich in meinem Kopf ständig aus, welche Entscheidung ich nun treffe.

Denke daran:

Jedes Verhalten hat seinen Grund. Bitte verurteile Menschen nicht aufgrund eines Verhaltens, das du nicht verstehst. Solange du nicht die Geschichte hinter dem Menschen kennst, kannst du ihn nicht verurteilen. Kein Mensch ist grundlos so, wie er ist. Seine Vergangenheit hat ihn geprägt und negative Erfahrungen haben ihn lernen lassen. Auch eine absurd wirkende Verhaltensweise hat oftmals einen ernsthaften Hintergrund.

Nichts lässt einen Menschen härter kämpfen als der Wille zu gewinnen!

Was ist wertvoll?

Eigentlich eine einfache Frage, die aber die meisten Menschen jedoch ziemlich unterschiedlich beantworten würden. Denn der Wert aller Dinge ist von der Wichtigkeit, die wir ihnen geben abhängig, beziehungsweise wie viel wir davon besitzen.

Ein kleines Beispiel: Verliert ein Millionär einen Fünf-Euroschein, ist ihm das vermutlich weitestgehend gleichgültig. Verliert hingegen ein kleinen Kind, das gerade einmal fünf Euro Taschengeld im Monat bekommt, fünf Euro, wird es vermutlich bitterlich weinen.

Meine Motivation ist im Keller. Ich habe sie gerade beim Wäschemachen getroffen und gefragt, ob sie mit hochkommen möchte. Sie hat aber verneint und gemeint, dass ich meine Arbeit alleine machen soll. Doofe Motivation!

Ich möchte dir gerne eine Geschichte erzählen. Um genau zu sein, ein Teil meiner Geschichte.

Sicherlich hast du schon einmal mitbekommen, dass Witze über Frauen gemacht wurden. Vielleicht hast du sogar selbst schon einmal einen Witz über das weibliche Geschlecht gemacht. Ich kenne viele Männer, die aus Spaß sagen, dass eine Frau nichts zu melden hat, kaum Kraft besitzt, kein Auto fahren kann etc.. Und im Grunde genommen ist an diesen Witzen (vorausgesetzt sie sind als Spaß gemeint) auch nichts auszusetzen, aber du solltest dir im Klaren sein, dass nicht jeder diesen Witz und den Spaß dahinter gleichermaßen witzig findet und versteht. Unter Umständen kann sich eine Frau beleidigt oder angegriffen fühlen, wenn du solche Witze machst. Oder, was noch viel, viel schlimmer ist: Es gibt leider auch Menschen, die die Scherze ernst nehmen und tatsächlich meinen, dass man mit einer Frau alles machen kann. Dann wird aus Spaß ganz schnell ernst und aus anfangs scherzhaften Worten wird schmerzhafte Körperverletzung ...

Deswegen denke daran: Wenn du eine Frau als schwach, wehrlos, zu doof oder sonstiges bezeichnest oder signalisierst, dass man mit ihr alles machen kann, weil sie eine Frau ist, es vielleicht (oder eigentlich bestimmt) jemanden gibt, der diese Aussage ernst nimmt und ausprobieren will, wie weit er gehen kann. Deshalb sei mir bitte nicht böse, wenn ich in deinen Augen übertrieben auf Frauenwitze reagiere. Ich habe meine Gründe dafür, wieso ich so reagiere. Denn ich musste leider am eigenen Leib erfahren, wie ein Mann glaubte, alles mit einer Frau machen zu dürfen. Er hat die doofen Sprüche seiner Kollegen ernst genommen und gemeint mit mir umgehen zu können, wie mit einem Stück Vieh.

Wenn ein Mensch mehr erlebt, als er ertragen kann, dann zerbricht seine Seele.

Nur so kann er überleben.

Es gab Momente in meinem Leben, in denen ich gelacht habe, weil ich glücklich war und es gab Momente in meinen Leben, in denen ich einfach nur gelacht habe, weil ich nicht weinen wollte.

Es gab Momente in meinem Leben, in denen ich stolz auf mich und mein Handeln war und es gab Momente in meinem Leben, in denen ich am liebsten im Erdboden versunken wäre.

Es gibt Tage, da schaue ich in den Spiegel und denke *Boa, heute siehst du aber gut aus* und es gibt Tage, da schaue ich in den Spiegel und könnte am liebsten mit meiner Faust den Spiegel einschlagen.

Es gibt Tage, da könnte ich die ganze Welt umarmen und jedem sagen, wie lieb ich ihn habe und es gibt Tage, da solltest du mir besser nicht über den Weg laufen, weil ich dich sonst (grundlos) anschreie und beschimpfe.

Es gibt Situationen, da bleibe ich gelassen und dann gibt es aber auch Situationen, in denen ich völlig überreagiere.

Es gibt Situationen, da verhalte ich mich vorbildlich und dann gibt es Situationen, in denen ich alles falsch mache, was falsch zu machen geht.

Es gibt Wochen, da denke ich kaum über unnötiges Zeug nach und genieße mein Leben, aber es gibt leider auch Wochen in denen ich mir über alles und jeden den Kopf zerbreche und mich damit selbst unglücklich mache.

Und genauso gibt es Wochen, die ich genieße und in denen mir meine Diagnose egal ist, aber es gibt auch Wochen, in denen ich Borderline verfluche und den negativen Bandwurm in meinem Kopf am liebsten herausschneiden würde.

Plötzlich, wie aus dem Nichts heraus, weicht jegliche Farbe aus meinem Leben. Es scheint, als wäre die Welt auf einmal wie gelähmt. Nichts berührt mich mehr. Um mich herum tobt das Leben, aber es kommt bei mir nichts an. In mir ist eine endlose Leere und Kälte. Alle Gedanken und Gefühle in mir sind wie zu Eis erstarrt.

Was Mobbing auslösen kann

Erst vor wenigen Tagen hatte Jan seinen 16. Geburtstag gefeiert. Alle sagten, er sei noch jung und hätte sein gesamtes Leben vor sich. Er könne noch so viel erleben, so viel erreichen und so weiter. Aber er selbst war anderer Meinung. Für ihn gab es kein *Leben* mehr. Das, was er früher mal *Leben* und *Zukunft* genannt hatte, glich nun nur noch einer einzigen dunklen Hölle. Alles um ihn herum lag in Scherben und Trümmern und er stand mittendrin. Für ihn machte nichts mehr Sinn. Seine gesamte

Umwelt wirkte trostlos, kalt und ohne jegliche Aussicht auf Hoffnung. Alle schienen sich gegen ihn verschworen zu haben. Keiner stand ihm bei. Er fühlte sich einsam und verlassen, wie der letzte Mensch auf Erden. Beziehungsweise eigentlich fühlte er sich gar nicht mehr als Mensch, sondern nur noch als Müll. Als Müll, den irgendjemand zu Boden geschmissen hat und auf dem nun alle herumtrampelten. Wie Müll wurde er benutzt und als er dann nicht gebraucht wurde, wurde er zu Boden geworfen.

Jetzt lag er da. Alle liefen an ihm vorbei, sahen ihn und ignorierten ihn oder traten sogar noch auf ihn ein … Niemand kam auf die Idee, ihn aufzuheben. Er fühlte sich vollkommen wertlos, nutzlos und überflüssig.

An die Zeit, in der er sich gebraucht gefühlt hatte, konnte er sich kaum noch erinnern. Zu lange ist diese glückliche, unbeschwerte Zeit her. Zwei Jahre schon muss er sich tagtäglich von seinen Mitschülern anhören wie doof, unfähig und bescheuert er sei.

Anfangs konnte er noch die gemeinen Worte und das fiese Gelächter der Mitschüler halbwegs ignorieren, aber zurzeit funktioniert selbst das nicht mehr. Bei jedem Geräusch und jeder noch so kleinen Bewegung zuckt er panisch zusammen, weil er fürchtet, das könne der nächste Angriff auf ihn und seine Persönlichkeit sein.

Er hat keine Ahnung mehr, wie es in seinem Leben weitergehen soll, beziehungsweise ob es überhaupt noch weitergehen kann. Seine Kräfte sind am Ende und jeder weitere Tag ist für ihn eine einzige Qual. Er sieht keinen Sinn mehr in seinem Leben. Alles, was er sich jemals erarbeitet hatte, wurde von seinen Mitschülern dem Boden gleich gemacht. Obwohl er erst 16 ist, ist er nervlich und körperlich bereits so am Ende, dass er nicht mehr leben will …

Leben oder überleben? Rein schreibtechnisch sind es vier Buchstaben, die diese zwei Wörter voneinander unterscheiden, doch auf das eigene Leben oder das Leben einer anderen Person bezogen, bedeuten diese vier Buchstaben viel, viel mehr. Es ist ein himmelweiter Unterschied. Vier Buchstaben können einen ‚Himmel' zu einer ‚Hölle' machen, etwas ‚Weißes' zu etwas ‚Schwarzem', etwas ‚Positives' zu einer ‚Katastrophe'.

Verfolgt

»Sie ist hinter mir her!«, schoss es mir durch den Kopf und Panik machte sich in mir breit.

Bereits vor einiger Zeit war mir schon das verwahrloste, verdreckte Mädchen aufgefallen, das mir auf Schritt und Tritt zu folgen schien. Doch anfangs dachte ich mir nichts dabei. Denn wem war es noch nie passiert, dass die Person hinter einem zufällig denselben Weg hatte? So etwas geschieht ab und zu und nicht jedes Mal ist der *Verfolger* böswillig, gemein oder besitzt böse Absichten. In den meisten Fällen ist es einfach nur ein Zufall, der nichts zu bedeuten hat und nach zwei, drei Kreuzungen ist der *Verfolger* auch schon wieder verschwunden. Aber dieses mal war es anders. Egal ob ich mein Tempo verlangsamte oder etwas schneller lief, ob ich nach rechts abbog oder nach links, ob ich die Straßenseite wechselte, stehen blieb… gleichgültig was ich machte, die Person klebte förmlich an mir!

Das war mehr als nur unheimlich und machte mir Angst. Das konnte kein Zufall mehr sein. Da steckte pure Absicht dahinter!

Was wollte die Person von mir? Ich kannte sie nicht und konnte mir auch nicht erklären, was sie von mir wollte. Ich hatte ihr nichts getan. Also wieso verfolgte sie mich? Was war ihr Ziel?

Sollte ich die Polizei anrufen, einen Passanten um Hilfe bitten, versuchen zu fliehen oder mich einfach umdrehen und die Person direkt ansprechen und fragen, was sie von mir wollte? Ich hatte keine Ahnung.

In Gedanken malte ich mir die schlimmsten Horrorszenarien aus. Ich stellte mir vor, wie die Person plötzlich ein Messer zückte, mich angriff und ausraubte. Ich traute ihr keinen Meter weit! Panisch drehte ich mich im Fünf-Sekunden-Takt um, um mich zu vergewissern, dass sie mir nicht näher kam. Doch dann – plötzlich und ohne Vorwarnung – stand sie von einer auf die andere Sekunde unmittelbar hinter mir.

Jetzt ist es aus, dachte ich.

Eine Flucht war unmöglich. Sie würde mich umbringen. Mein Herz schlug bis zum Hals.

Mit einem fiesen, hinterhältigen Lächeln grinste mir die Person mitten ins Gesicht: »Du wirst mich nicht los. Egal wo du hingehst, ich werde dich immer verfolgen.«

Kurzzeitig setzte mein Herzschlag vor Schreck aus. Doch dann nahm ich all meinen Mut zusammen und fragte mit stotternder Stimme: »Wer bist du und was willst du?«

»Ich?«, lachte die mysteriöse Person: »Ich bin deine Vergangenheit! Und mein Ziel ist es, dass du mich akzeptierst, anschaust und wir zusammen in eine gemeinsame Zukunft starten. Wie bereits gesagt: Du wirst mich nicht mehr los. Du kannst mir nicht entkommen und du kannst mich nicht verleugnen. Ich gehöre fest zu dir.«

11. Mut-Macher und Machtworte

Ein Brief an mich oder dich selbst

Liebe/Lieber....,

Ich wollte dir schon länger einmal sagen, dass du unwahrscheinlich wertvoll, liebenswert und wunderhübsch bist. Du bist perfekt, genau so wie du bist. Du musst dich nicht ändern, weil andere dich nicht so mögen, wie du bist. Schließlich musst du es im Leben niemand anderem Recht machen außer dir selbst.

Du musst dich nicht verbiegen, weil andere dein Aussehen, deine Art oder deine Persönlichkeit nicht mögen. Denn du bist du! Sobald du dich verbiegst um anderen zu gefallen, bist du nicht mehr du selbst und das fände ich sehr schade. Du bist schließlich einmalig und nicht die billige Kopie eines anderen.

Da wir uns schon eine Weile kennen, weiß ich allerdings auch, dass du jetzt vermutlich nur kurz beschämt lächelst, und denkst: *Danke. Schön, dass du*

das so siehst, aber ich sehe das (leider) komplett anders.
Ich hasse mich und meinen Körper.

Aber dazu möchte ich dir sagen: Nimm meine Worte an und akzeptiere sie einfach. Verdränge die negativen Gedanken und denke nicht darüber nach, was du an dir nicht magst, was du nicht kannst und was andere so viel besser können als du, sondern akzeptiere dich, wie du bist.

Mache dich nicht selbst schlecht.

Sehe nicht ausschließlich deine Macken und Fehler, sondern richte dein Augenmerk auf das, was du kannst, was du schon alles geschafft hast und worauf du stolz bist.

Die Ausrede, dass dir nichts Positives einfällt, lasse ich nicht gelten!

Höre auf, dich selbst zu bekriegen und deinen Körper als Feind anzusehen. Du hast nur diesen einen Körper in diesem Leben und den solltest du nicht zerstören. Lege deine Waffen zur Seite und schließe Freundschaft mit dir. Verschwende nicht deine Kraft, indem du dich niedermachst und dir Schaden zufügst. Nutze deine Kraft sinnvoll und setze sie dort ein, wo sie wirklich gebraucht wird.

Stecke deinen Kopf nicht in den Sand, weil gerade nicht alles so funktioniert, wie du es gerne hättest. Es kommen auch wieder bessere Zeiten! Nach jeder dunklen Nacht geht schließlich auch irgendwann wieder die Sonne auf.

Gib nicht auf! Du bist stark und du schaffst alles, was du von Herzen willst! Du hast einen Willen, der Berge versetzen kann. Scheitern gehört zum Leben dazu und ist keine Schande. Den größten Fehler, den du machen kannst, ist zu resignieren und aufzugeben.

Stelle dich vor den Spiegel, lächele dich an und sage dir selbst: *Es ist schön, dass es dich gibt. Du bist unwahrscheinlich wertvoll und perfekt so wie du bist.*

Im ersten Moment mag dir das vielleicht – oder sehr wahrscheinlich – albern vorkommen, aber versuche es.

Du wirst merken, dass es dir gut tun wird und du dir dadurch selbst Mut zusprechen kannst.

Viel zu oft schauen wir nur auf die künstliche Fassade eines Menschen, betrachten seine Maske, die er trägt und meinen uns ein Urteil über den Charakter, den Wert und das Können dieses Menschen zu bilden. Doch in Wirklichkeit beurteilen wir lediglich seine Maske und haben keine Ahnung von dem, was sich hinter dieser Fassade abspielt.

Wichtige Eilmeldung! Das Ende der Welt ist nahe.

Sicherlich haben es einige von euch bereits geahnt, aber nun ist aus dieser bösen Vorahnung leider Realität geworden. Sie sind mitten unter uns! Und das Schlimmste daran: Wie merken es kaum!

Über 100.000 Borderline-Betroffene leben alleine in Deutschland. Es werden immer mehr! Das ist hochgefährlich! Was passiert, wenn man sich mit einem Betroffenen angefreundet hat oder gar mit ihm unter einem Dach lebt und noch nichts davon weiß? Vielleicht steckt man sich dann unbemerkt mit der Krankheit an? Oder noch schlimmer: Man wird in den Selbstmord getrieben! Um Gottes Willen! Ich will gar nicht daran denken! Wenn wir nicht aufpassen, werden Borderline-Betroffene vermutlich noch die Weltherrschaft an sich reißen!!! Wir müssen schnell etwas unternehmen, bevor unser ganzes Land außer Kontrolle gerät!

Also: Ganz schnell Arme in die Luft und schreiend im Kreis rennen!

O.k., das war ein Scherz. Ganz so schlimm ist es nicht. Aber was ich mit dem Text verdeutlichen will, ist, dass viele Menschen *Angst* vor dem Wort Borderline haben. Sie wissen nicht genau, was dieses Wort bedeutet, wie sich Menschen mit der Diagnose verhalten, können die Narben an den

Armen nicht einschätzen oder haben von Freunden oder Bekannten nur Negatives über Betroffene gehört. Das heißt: Eigentlich haben sie keine genaue Ahnung wer oder was Borderline überhaupt ist, aber fürchten sich trotzdem vor Betroffenen. Womit wir bei einem (Haupt)Auslöser der vielen negativen Vorurteile gegenüber der Diagnose wären: Der Unwissenheit. Dinge, die man nicht kennt, Dinge, über die man nur wenig weiß, über die viel (negativ) spekuliert wird oder die man nicht nachvollziehen/ verstehen kann, lösen häufig Ängste bei Menschen aus.

Diese Ängste sorgen dafür, dass eventuell Berührungsängste gegenüber Betroffenen bestehen. Man fürchtet sich, mit diesen Leuten in Kontakt zu treten, da man von dem Schlimmsten ausgeht oder überhaupt nicht weiß, wie man ihnen gegenüber treten soll. Anstatt miteinander zu reden, nach-zufragen und versuchen die Dinge zu verstehen, weicht man aus und versteckt sich noch weiter hinter den Gerüchten, die man hört. Doch genau das ist der falsche Weg. Wenn man aber schweigt, Probleme, Sorgen und Ängste nicht anspricht oder zumindest ausspricht, gibt man ihnen eine super Gelegenheit zu wachsen und sich im Kopf festzusetzen.

Heißt ‚erwachsen und vernünftig werden', dass man seine Träume aufgibt? Dass man verlernt sich die Welt ‚schön' zu malen? Dass man seine Fantasie vergisst und sich nur noch auf Fakten beruft?

Wenn das so ist, dann will ich nie erwachsen werden.

Ich passe in keinen Rahmen und eine Schublade ist erst recht zu klein für mich.

Ich kann mich an viele Situationen anpassen, aber ich verbiege mich nicht.

Ich verabscheue Gewalt, aber reagiere mit Gegendruck, wenn man versucht, Druck auf mich aufzubauen.

Ich kann mich vorbildlich verhalten, aber ich kann auch zu einer Zicke werden.

Ich kann mit dir eine Leiche verschwinden lassen und Pferde stehlen, aber ich kann auch zu einem Wildpferd werden, das niemanden in seiner Nähe duldet, dir den Hintern zeigt und wenn du zu nahe kommst, nach dir austritt.

Ich bin ich und ich bin anders als du. Aber gleichzeitig bin ich auch *nur* ein Mensch, so wie du. Wir alle bestehen aus Fleisch und Blut und besitzen ein Herz, aber trotzdem sind wir alle grundlegend verschieden.

Nachfragen, Mut zusprechen, für jemanden da sein oder einfach nur zuhören oder gemeinsam schweigen ist manchmal die größte Hilfe, die man einer anderen Person geben kann. Man muss nicht immer gleich das Problem lösen, ab und zu ist es auch schon ein riesen Unterstützung, wenn ein anderer mit einem gemeinsam das Problem begutachtet.

Die verzwickte Sache mit dem Glück

Glück ist das, wonach sich jeder Mensch in seinem Leben sehnt. Jeder ist froh wenn er es hat und möchte es am Liebsten nicht mehr hergeben. Jeder der es hat, genießt das positive Gefühl, solange es da ist. Jeder?

Nein. Nicht jeder. Es gibt auch Menschen, denen es schwerfällt, ihr Glück zu akzeptieren und es zu genießen. Wie zum Beispiel mir. Es ist nicht so, dass ich nicht glücklich sein möchte – ganz im Gegenteil es ist ein sehr großes Ziel von mir – trotzdem fällt es mir schwer, positive Gefühle zu ertragen. Sobald es in meinem Leben gut läuft, habe ich Angst, dass es im nächsten Moment wieder vorbei ist. Ich traue mich nicht, das positive Gefühl zuzulassen da ich befürchte, gleich den nächsten Schlag ins Gesicht zu bekommen, der mich erneut umhaut und zu Boden zwingt. Außerdem habe ich Probleme damit zu akzeptieren, dass es auch mir gut gehen darf. Ich selbst habe eine eher negative Einstellung zu mir. Mein Körper und ich sind keine besonders guten Freunde. Meist hasse ich ihn sogar. Deshalb fällt es mir nicht leicht, anzunehmen, dass er auch positive Gefühle hat, ich glücklich sein und mein Leben ohne größere Probleme verlaufen kann. Ich denke, dass ich das nicht verdient habe. Nicht selten kommt es dadurch vor, dass ich das Positive um mich herum zerstöre. Wie wild schlage ich mit einem Vorschlaghammer alles kurz und klein bis nur noch Schutt und Asche übrigbleibt. Anschließend stelle ich mich in die Mitte des Trümmerfeldes und sage: »Ich wusste doch, dass es mir nicht lange gut geht! Ich habe es einfach nicht verdient! Das Leben ist gemein zu mir!«

Dass ich es selbst war, der das Glück zerstört hat, das vergesse ich dabei.

Erst mit der Zeit habe ich gelernt mit positiven Gefühlen umzugehen. Das Glück zu genießen solange es da ist und nicht ständig Angst vor dem nächsten Absturz zu haben oder es mir gar selbst zu zerstören.

Es ist gut, dass wir nicht wissen, was noch kommt. Hätte mir jemand zu Beginn gesagt, was ich alles durchleben muss, hätte ich vermutlich aufgegeben, bevor der Kampf überhaupt begonnen hätte.

Lieber Weihnachtsmann,

dieses Jahr habe ich für Weihnachten einen besonderen Wunsch. Ich wünsche mir, dass wenigstens ein Tag im Jahr Friede auf der Welt ist. Ich wünsche mir, dass kein Mensch an Weihnachten hungern oder frieren muss, weil er kein Geld hat sich etwas zu essen zu kaufen oder kein Dach über den Kopf besitzt. Ich möchte, dass an Weihnachten kein Kind Gewalt erfährt und keine Frau von ihrem Mann geschlagen wird. Außerdem soll kein Mensch an Weihnachten so verzweifelt sein, dass er sich versucht das Leben zu nehmen. An Weihnachten soll es keinen Streit, Wut oder Eifersucht geben. Wenigstens ein Tag im Jahr soll die gesamte Welt *in Ordnung* sein.

Ich hoffe, dass niemand an Weihnachten alleine sein muss oder traurig ist. An Weihnachten soll niemand weinen, weil er traurig, verzweifelt, hungrig, durstig ist oder leiden muss. An Weihnachten sollen ausschließlich Tränen der Freude vergossen werden.

Außerdem wünsche ich mir, dass alle Menschen, die ihr Lachen verloren haben, dieses wiederfinden und alle Menschen, die ohne Hoffnung sind, neue Hoffnung finden.

Alle Soldaten aus den Kriegsgebieten sollen

Weihnachten zu Hause bei ihren Familien verbringen. Für wenigstens einen Tag sollen alle Sorgen und Probleme vergessen sein. Alte Wunden sollen heilen und negative Erinnerungen verblassen. Aber – lieber Weihnachtsmann – leider bin ich schon groß und weiß, dass es dich genauso wenig gibt wie den Osterhasen …

Man benötigt keine Schläge und keine körperliche Gewalt um einen Menschen zu verletzen – Worte reichen aus. Man benötigt keine Kraft, um Macht auszuüben, keine Fesseln um jemanden festzuhalten und keine Waffen, um ihn zu erpressen.

Manchmal bin ich traurig und weiß gar nicht wieso.
Manchmal bin ich traurig, weil ich verletzt wurde.
Manchmal weine ich, weil mir alles zu viel wird.
Manchmal versinke ich in Selbstzweifel.
Manchmal sehe ich alles um mich herum *schwarz*.
Manchmal liegt meine Welt in Trümmern.
Manchmal will ich mich vor mir selbst verstecken.
Manchmal weiß ich nicht mehr, wer ich eigentlich bin.

Einfach nur Durchhalten ist auch eine Form von Kämpfen.

Es sind die kleinen Dinge im Leben, die das Leben schön machen.

Klar, hätte ich es einfacher, wenn ich Millionär wäre, im Lotto gewinnen würde, reiche Eltern hätte oder jemanden, der mich großzügig finanziell unterstützt. Aber, ob ich dadurch mehr lachen würde, ist fraglich. Gewiss hätte ich dann weniger Sorgen, müsste weniger grübeln und würde vielleicht auch weniger Tränen vergießen, aber sind diese Dinge *Glück* beziehungsweise haben sie etwas mit *glücklich sein* zu tun? Ich glaube nicht. Denn die wirklichen Freuden im Leben kann man mit Geld nicht bezahlen.

Außerdem ist es doch viel schöner, wenn man lacht und genau weiß, dass man vor ein paar Stunden noch geweint hat. Die gesunde Mischung zwischen lachen und weinen ist es schließlich das, was das Wort *Leben* ausmacht. Beide Waagschalen sollten sich im Gleichgewicht halten. Denn nur jemand, der weiß, was Trauer bedeutet und wie es sich anfühlt zu weinen, kann Glück und Freude von ganzem Herzen fühlen.

Wenn wir achtsam sind und auch die kleinen Glücksmomente zulassen, gibt es so viele winzige Augenblicke, die uns tagtäglich zum Schmunzeln bringen, die uns lachen lassen oder sogar für ein paar Sekunden glücklich machen. Zum Beispiel der Hund, der sich freut, dass man nach unglaublichen 30 Sekunden wieder lebendig und unbeschadet aus dem Keller zurückkommt, ein Kind, das einen anlächelt, der dankbare Blick der Oma, wenn man am Zebrastreifen anhält und sie über die Straße laufen lässt ... und das alles kostet uns nicht einmal einen Cent!

Jeder Mensch besitzt Ecken und Kanten. Jeder Mensch verhält sich ab und zu merkwürdig, tanzt aus der Reihe und fällt aus der Norm. Kein Mensch ist unfehlbar, perfekt und ohne Macken.

Ich weiß nicht, wie oft ich in meinem Leben schon zu Boden gefallen bin, wie oft ich im Matsch gelandet und durch den Dreck gezogen wurde oder mir irgendein Idiot Steine oder sogar ganze Felsbrocken in den Weg gelegt hat.

Ich weiß nicht, wie oft ich schon gedacht habe *es hat alles keinen Sinn mehr, ich gebe auf.*

Ich weiß nicht, wie viele Tränen ich in meinem Leben schon vergossen habe und wie viele Nächte ich vor lauter Gedankenkarussell nicht schlafen konnte.

Doch ich weiß, dass ich nie aufgegeben habe und auch nie aufgeben werde. Nie wird mich jemand dazu bringen meinen Willen abzulegen. Ich will leben und dabei bleibt es. Egal wie oft ich zu Boden falle, ich werde immer wieder aufstehen. Ich kämpfe, solange ich lebe!

Oft sind es lediglich ein paar Sekunden, ein Augenblick, eine Situation, die aus einem ‚Leben' ein ‚Überleben' machen können.

Manchmal, beziehungsweise in letzter Zeit immer häufiger, frage ich mich, ob tatsächlich ich es bin, die verrückt ist. Meine Gefühle sollen zu stark und zu extrem sein, meine Gedanken zu *schwarz-weiß* und meine Verhaltensweisen krankhaft.

In Ordnung. Aber bitte sage mir was das ist, was ich tagtäglich im Fernsehen und in den Nachrichten sehe?

Ist es *normal*, dass sich fremde Menschen erschießen, weil irgendwelche Politiker sich gegenseitig den Krieg erklärt haben? Dass Schulkinder Waffen bei sich tragen? Dass ein Vater seine gesamte Familie auslöscht? Dass Menschen in ihrem eigenen Land Angst haben müssen getötet zu werden?

Sicherlich nicht!

Aber ja, ich bin es, die verrückt ist. Borderline-Betroffene sind Monster. Es ist egal wie verrückt oder krankhaft sich *gesunde* und *normale* Menschen verhalten, sobald man eine Diagnose hat, ist man angeblich viel gefährlicher und verrückter.

Sensibel zu sein bedeutet seinen Schutzpanzer abzulegen.

Es gibt Sätze, die sich im Gehirn wie einbrennen. Noch Jahre danach kann man sich an den genauen Wortlaut erinnern und hat die Situation weiterhin haarklein im Kopf. Egal was man macht, man kann diese Sätze einfach nicht vergessen. Sie scheinen einen auf Schritt und Tritt zu verfolgen. Jedes mal wenn man denkt: *Jetzt habe ich den Satz endlich vergessen und muss nicht andauernd daran denken*, ist er schon wieder im Kopf.

Häufig sind diese Sätze negativ, kritisieren die eigene Persönlichkeit oder sind mit einer sonstigen negativen Erinnerung behaftet. Aber es gibt auch andere. Es gibt auch positive Sätze, die sich immer wieder aus dem Unterbewusstsein in den Vordergrund drängen und solch einen möchte ich euch vorstellen.

Dieser Satz wurde mir vor knapp vier Jahren bei einem Waldtraining mit meinem Hund von einem Staffelkollegen gesagt. Damals war es sehr heiß und ich trug lange Ärmel, weil ich mich für meine

Selbstverletzungsnarben schämte und Angst hatte wegen diesen verurteilt zu werden. Ich fürchtete, dass meine Staffelkollegen meine vernarbten Arme sehen und plötzlich nichts mehr mit mir zu tun haben wollen oder mich anders behandeln als zuvor und das wollte ich auf keinen Fall. Doch nach einigem zureden und der Versicherung, dass sich durch meine Selbstverletzungsnarben nichts ändern würde, ließ ich mich schließlich doch dazu überreden meinen Pullover auszuziehen. Daraufhin sagte mein Staffelkollege: »Ich weiß gar nicht, was du hast? Ich habe Arme – du hast Arme. Meine Arme sehen anders aus wie deine Arme, aber beides sind Arme. Der eine hat viele Haare an den Armen und der andere hat wenig Haare an den Armen. Aber das ändert doch nichts daran, dass es immer noch Arme sind!«

Danke an diese Person! Diese Aussage bedeutet mir extrem viel!

Selbstverständlich hätte ich auf sämtliche negative Erfahrungen in meinem Leben verzichten können, aber dennoch möchte ich gleichzeitig keine Erfahrung missen. Denn das, was ich alles erlebt habe, ist das, was mich zu dem Menschen gemacht hat, der ich heute bin.

Mein ,Antidepressivum' und meine Selbsttherapie für ganz miese Tage:

Wenn alles schief geht, was überhaupt schief gehen kann, gehöre ich zu den Menschen, die erst einmal anfangen zu weinen. Egal was ist, ob positiv oder negativ, ich bin immer sehr nahe am Wasser gebaut. Weinen ist wie eine Art Druckventil, mit dem ich überschüssige Gefühle abbauen kann. Früher habe ich mich selbst verletzt und jetzt weine ich.

Während die Tränen über meine Wangen laufen, mache ich mich in Gedanken noch mehr selbst nieder. Schließlich muss ich das Klischee von Borderline-Betroffenen erfüllen. Also entweder ganz oder gar nicht. Halbe Sachen gibt es bei mir nicht.

Wenn ich dann komplett mit den Nerven am Ende bin, kaum noch Luft bekomme und die gesamte Welt und vor allem mich selbst verflucht habe, kommt die nächste Stufe der Selbsttherapie. Ich gehe duschen. Denn unter der Dusche sieht man meine Tränen nicht.

Unter der Dusche beschließe ich dann, dass es so, wie es gerade läuft, nicht weitergehen kann und ich unverzüglich etwas ändern muss. Also spüle ich in Höchstgeschwindigkeit das Shampoo aus meinen Haaren und stürze hastig aus der Duschkabine. Dabei fliege ich halb über die Jeans, die schon seit gefühlten zwei Wochen auf dem Badezimmerboden herumliegt. Ok, jetzt weiß ich, was ich ändern muss! Ich sollte dringendst meine Wohnung aufräumen. Überall stehen Sachen rum, die ich irgendwann mal wegräumen wollte, jedoch nie die Zeit fand, das auch tatsächlich umzusetzen. Also ziehe ich mir schnell meine Gammelklamotten an, kämme meine Haare durch und beginne meine Wohnung aufzuräumen und zu schrubben, was das Zeug hält.

Für Haare Föhnen bleibt mir keine Zeit mehr. Schließlich muss ich mit dem Aufräumen und Putzen sofort anfangen, bevor ich es mir doch noch anders überlege.

Während ich putze, läuft auf meinem CD-Player laute Musik. Die Songs kenne ich mittlerweile alle auswendig mitsingen. Denn selbst für CD wechseln war ich seit einem gefühlten halben Jahr zu faul.

Besonders lange kann ich mich aber nicht mit dem Putzlappen beschäftigen, denn spätestens nach zehn Minuten fluten 100.000 von neuen Textideen mein Gehirn. Meist sind so viele unterschiedliche, geniale Ideen in meinem Kopf, dass ich es gar nicht schaffe, alle zu Papier zu bringen.

So kommt es, dass die Jeans, die seit gefühlten zwei Wochen schon auf meinem Badezimmerboden liegt, noch immer dort liegt ... Aber dafür ist nun ein weiterer Text entstanden.

Aufgeben und resignieren ist zwar hin und wieder eine verlockende Option, aber niemals eine zufriedenstellende Alternative!

Was mir passiert ist, das passiert nicht jedem!

Ich war mit meinen Kräften komplett am Ende und lag am Boden. Ich war kraftlos, frustriert und traurig. Nichts in meinem Leben machte mehr einen Sinn. Alles um mich herum war dunkel, trostlos und ohne jegliche Hoffnung. Alle Mühen mich aus diesem tiefen, schwarzen Loch herauszukämpfen schienen vergebens. Jeder neue Tag auf dieser Welt war in meinen Augen eine weitere Qual für mich und meinen Körper. Ich wollte aufgeben. Denn egal wie sehr ich mich auch anstrengte und versuchte aus dem dunklen Loch herauszuziehen, es wollte mir einfach nicht gelingen. Irgendetwas schien mich festzuhalten und immer wieder zurück in die tiefe Finsternis zu ziehen. Es war, als ob sich unsichtbare Ketten um meine Knöchel gelegt hätten und mir das Weiterkommen unmöglich machten. Je mehr ich mich gegen diese Fesseln wehrte, desto fester schienen sie sich zuzuziehen. Das schwarze Loch wollte mich nicht mehr hergeben und es schien auch keinen Boden zu besitzen. Immer wenn ich dachte »Schlimmer kann es nicht werden«, »Tiefer kann ich nicht fallen«, wurde mir das Gegenteil bewiesen. Es kam schlimmer und der Sog der Dunkelheit zog mich weiter nach unten und drohte mich zu verschlucken.

Ich hatte echt alles verloren. Das einzige was ich noch besaß, war mein Überlebenswille. Er und die Hoffnung waren die einzigen zwei Dinge, die ich niemals verloren beziehungsweise die mich niemals verlassen haben. Ohne die beiden hätte ich die vielen dunklen Täler in meinem Leben vermutlich nicht überlebt.

Sie waren wie ein einzelner dünner Faden, der mich noch mit dem Leben verband und der mich davor rettete auf die andere Seite des Lichts zu wechseln.

Mehrmals in meinem Leben war ich dem Tod näher als dem Leben, doch irgendetwas hat mich jedes mal wieder gerettet. Damals habe ich dieses etwas beziehungsweise diesen jemand gehasst und verflucht. Ich konnte und wollte nicht verstehen, wieso ich jeden Morgen aufs Neue aufwachte, obwohl ich mir so sehr wünschte zu gehen. Aber heute bin ich diesen jemanden oder diesem etwas sehr dankbar dafür! Ich bin so froh und glücklich darüber, dass ich lebe(n) (darf)!

Jeden Tag merke ich aufs Neue, dass das Leben auch schön sein kann. Es ist nicht ausschließlich schwarz, dunkel, ohne jegliche Aussicht auf

Hoffnung und zum Verzweifeln, sondern auch bunt, voller Farbe und ja, manchmal gibt es sogar Momente des Glücks.

Ich habe gelernt, dass das Leben nicht immer – oder eigentlich so gut wie nie – fair ist. Es kann sehr hart und ziemlich gemein sein. Aber es liegt immer an einem selbst, was man daraus macht. Jeder Mensch hat die freie Entscheidung jeden Tag aufs Neue in den Kampf zu ziehen und gegen die alltäglichen Probleme und Schwierigkeiten des Alltags anzukämpfen oder auf dem Boden liegen zu bleiben und aufzugeben. Ich persönlich bin der Meinung wer versucht, das Beste aus der Situation zu machen und trotz schwieriger Phasen ein normales Leben zu führen, kann scheitern – muss es aber nicht. Wer es allerdings nicht ausprobiert und dafür kämpft, wird nie erfahren, ob er es nicht vielleicht doch geschafft hätte. Es kann, oder wird sogar sehr wahrscheinlich, immer wieder passieren, dass man stolpert, an seine Grenzen stößt oder droht abzustürzen, jedoch sind diese Phasen keine Strafen dafür, dass es einem zuvor *gut* ging, sondern lediglich eine Probe. Mit jedem Tal, das man im Laufe seines Lebens durchwandern muss, sammelt man Lebenserfahrung und lernt die wahre Stärke seiner eigenen Kraft kennen. Denn wie viel Stärke man in seinem Innern tatsächlich besitzt und zu was man dadurch fähig ist, merkt man meist erst dann, wenn kämpfen und stark sein die einzigen Optionen sind, die einem bleiben.

12. Nachwort

Ich hoffe, dir hat das Buch gefallen und du konntest über den ein oder anderen Text schmunzeln oder sogar lachen. Vielleicht haben dich manche Zeilen auch zum Nachdenken angeregt. Hast du dich an einigen Stellen wiedererkannt? Dachtest du, ich spreche das aus, was du denkst oder fühlst?

Wenn ja, dann darfst du das Buch gerne weiterempfehlen oder eine Rezension dazu verfassen. Als Autor sehe ich selten bis gar nicht, was mein Buch mit seinen Lesern macht, deshalb freue ich mich über jede Rückmeldung.

Wird es einen zweiten Teil geben?

Ja, mein Ziel ist es, in mehr oder weniger regelmäßigen Abständen weitere Bände herauszubringen. Allerdings werden die Bücher nicht zusammenhängen. Das heißt, sie sind unabhängig voneinander zu lesen und es werden auch nicht alle Bände denselben thematischen Schwerpunkt besitzen.

Du möchtest mehr von mir lesen?

Unter dem Namen *Laura Adrian* habe ich bereits sieben weitere Titel veröffentlicht. Alle Bücher sind sowohl im Internet als auch im stationären Buchladen bestellbar.

(K)ein Leben mit Borderline und Esssstörung

Die Kunst, ein Stachelschwein zu umarmen

Nur die Hölle könnte schlimmer sein

Barfuß durch die Scherben der Vergangenheit

Endstation gesund?!
– zwischen Psychiatrie und Leben –

Zersplitterte Seele

Teufelsmacht - Geschändet (Teil 1)

Weitere Informationen zu Büchern, Lesungen, Vorträgen, Messebesuchen findest du auf meiner Website *www.laura-adrian.de* .

Die Kunst,
ein Stachelschwein
zu umarmen

eBook: 3,99€
Taschenbuch: 10,90€

284 Seiten; erschienen bei Merlins Bookshop
ISBN: 978-3-96248-017-2

Einen Borderlinebetroffenen zu verstehen ist ein Ding der Unmöglichkeit?!

Ja, das kann sein. Das komplizierte, häufig ambivalente und fast sekündlich wechselnde Gefühls- und Gedankenleben eines Borderline-Betroffenen komplett lückenlos zu verstehen, ist für Nicht-Betroffene vermutlich wirklich unmöglich.

Doch das heißt nicht, dass man deshalb gleich aufgeben sollte und stattdessen lieber weiterhin auf seine Vorurteile gegenüber der Diagnose beharren darf. Denn auch wenn etwas unverständlich erscheint, so kann man dennoch versuchen, es wenigstens ansatzweise nachzuvollziehen.

In diesem Buch wird anhand verschiedener bildlicher Vergleiche, Metaphern und anschaulicher Beschreibungen das Gedanken- und Gefühlsleben einer Borderline-Betroffenen auch für Borderline-unerfahrene-Personen verständlich gemacht.

Auf einer »Traumreise« lernt der eigentlich gefühlskalte und sehr vorurteilsbehaftete Stefan die kleine Bordi kennen, die ihn mit auf eine Reise durch ihre chaotische, kunterbunte, schwarz-weiße Welt nimmt. Denn hinter dem paradox wirkenden Verhalten des Bordis verstecken sich meistens ganz logische Denkansätze und einfache Erklärungen.

Was im ersten Moment wie ein Kinderbuch klingt, ist in Wirklichkeit ein tiefgründiges Buch, das versucht, Vorurteile abzubauen, Berührungsängste zu lindern und für mehr Akzeptanz sorgen will.